一炊の夢

東《あずま》 洵《まこと》

郁朋社

一炊の夢／目次

装丁／宮田麻希

大江匡房の生涯

付図　天皇の系譜　69代から83代まで

〈例〉

70代天皇

［70］後冷泉（親仁）ちかひと　御名

1025.8―（1045.2～1068.5）―1068.5

誕生年月　在位年月　崩御年月

※横の二重線は夫婦関係、縦線は親子関係を示す。

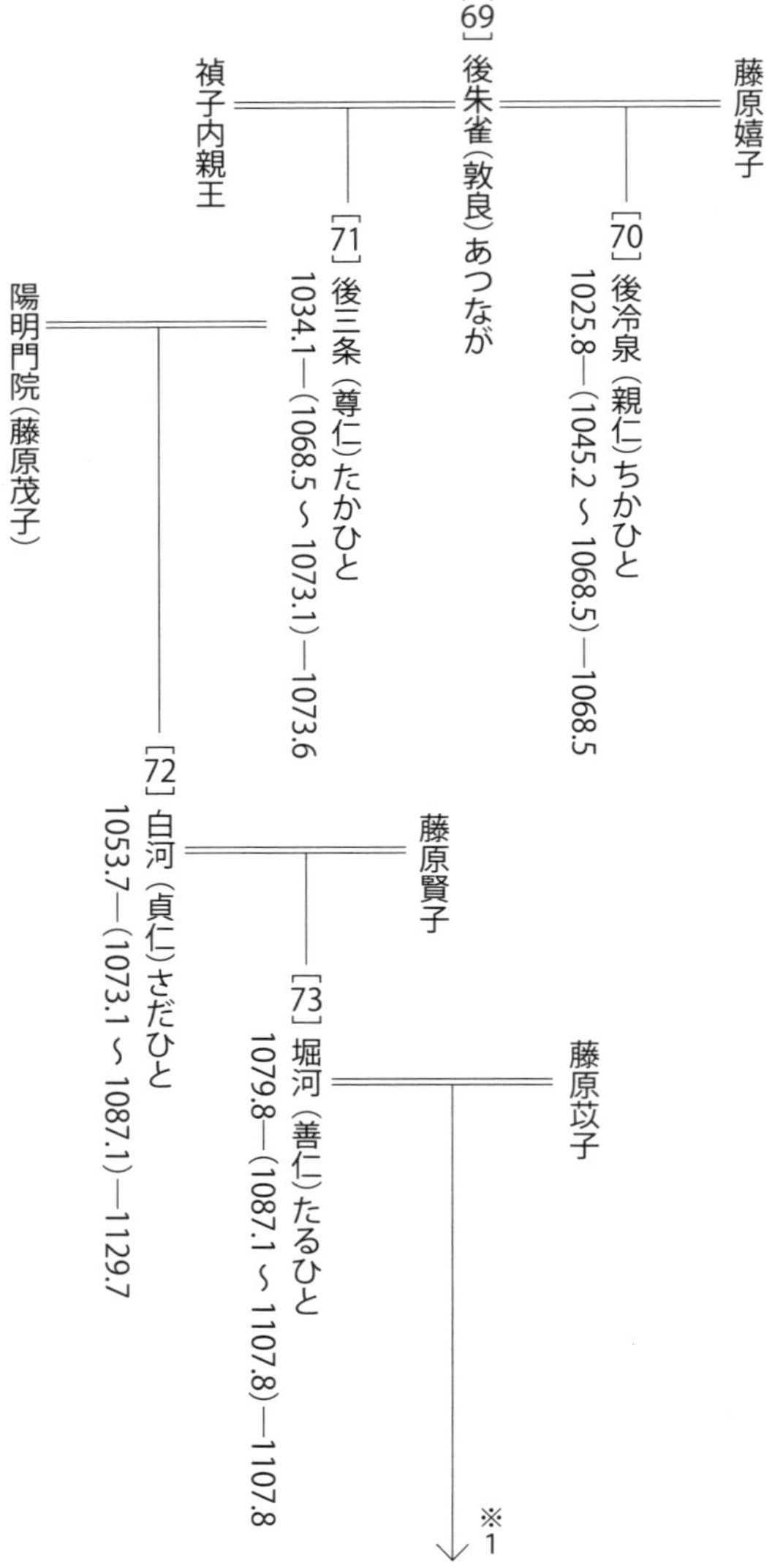

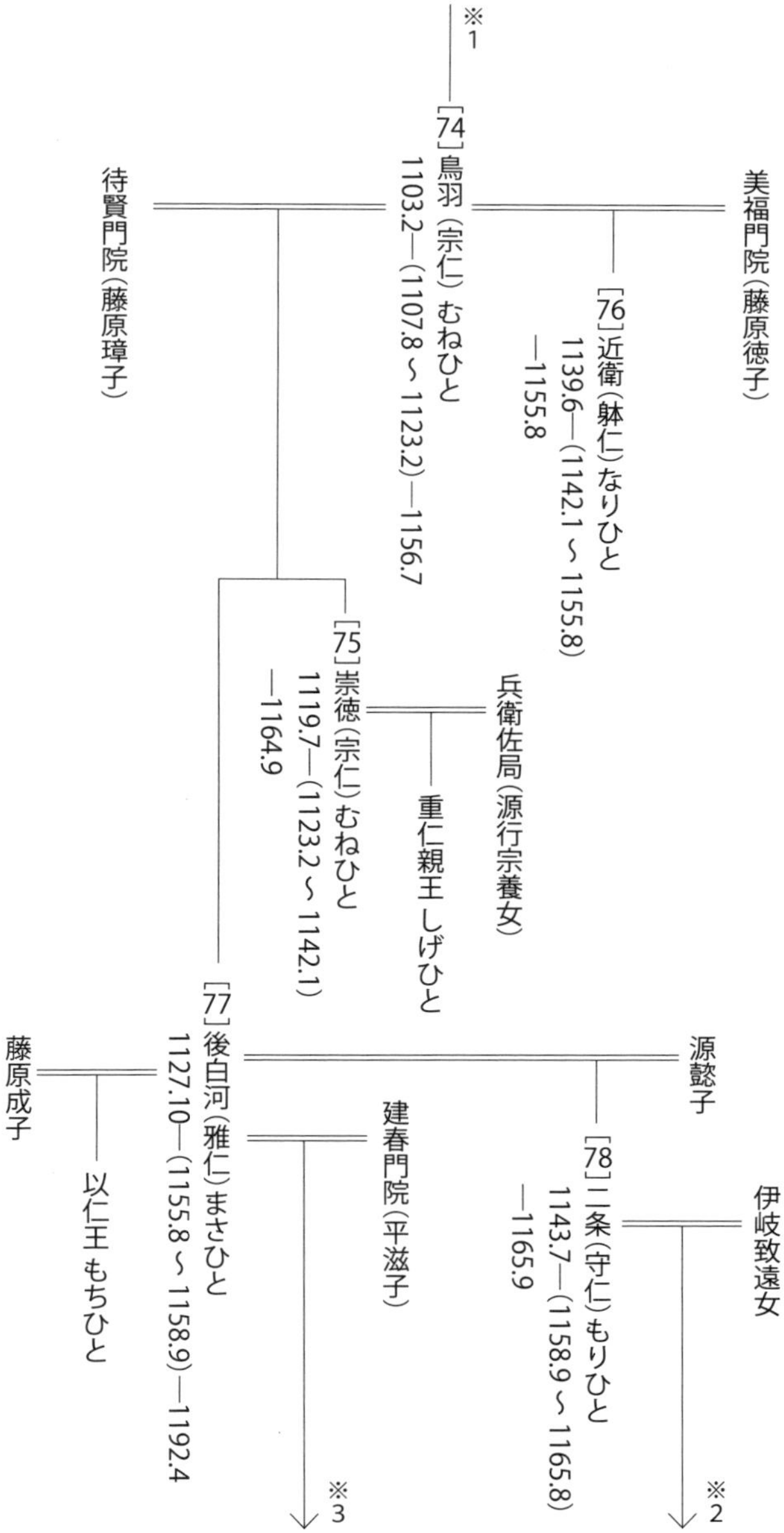

※1
[74]鳥羽（宗仁）むねひと
1103.2—(1107.8～1123.2)—1156.7
美福門院（藤原徳子）
待賢門院（藤原璋子）
[76]近衛（躰仁）なりひと
1139.6—(1142.1～1155.8)
—1155.8
兵衛佐局（源行宗養女）
[75]崇徳（宗仁）むねひと
1119.7—(1123.2～1142.1)
—1164.9
重仁親王 しげひと
源懿子
[77]後白河（雅仁）まさひと
1127.10—(1155.8～1158.9)—1192.4
藤原成子
伊岐致遠女
[78]二条（守仁）もりひと
1143.7—(1158.9～1165.8)
—1165.9
建春門院（平滋子）
以仁王 もちひと
※2
※3

※2

[79]六条（順仁）のぶひと　配偶者なし
1164.2—（1165.8～1168.9）—1176.2

※3

[80]高倉（憲仁）のりひと
1161.9—（1168.4～1180.3）—1181.1

＝七条院（坊門殖子）

[82]後鳥羽（尊成）たかなり
1180.8—（1183.9～1198.2）—1239.3

＝承明門院（源佐子）

[83]土御門（為仁）ためひと
1195.12—（1198.2～1210.12）—1231.11

＝建礼門院（平徳子）

[81]安徳（言仁）ときひと
1178.12—（1180.3～1185.4）—1185.4

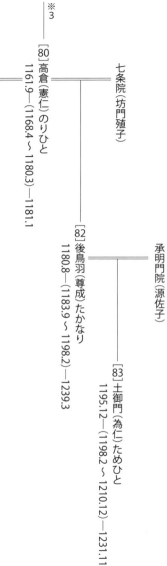

一　再会

「権中納言《ごんちゅうなごん》・大江匡房《おおえのまさふさ》ただいま参上いたしました」

匡房は紫宸殿《ししんでん》のような大きな建物の広間に座っている第七十一代天皇後三条帝《ごさんじょう》（尊仁《たかひと》親王）に拝謁した。いつもは数人の公卿が控えているが今日は見えない。

帝は以前と同じように一段と高い場所に座ってはいるが御簾《みす》はないので竜顔《りゅうがん》がよく見える。

ここは清涼殿《せいりょうでん》のようにも思えるがやはり少し違う。

「ずいぶんと久しぶりである。だが朕《ちん》が召したのではないぞ。しかし懐かしい」

懐かしいのは匡房も同じである。

帝と延久五年（一〇七三年）の十一月に別れてから足掛け三十九年になる。二人は今までのことを思い出す。

二人がともに過ごした期間は短かかったが中身は濃密であった。

匡房はこれまでのことをふりかえる。

今もはっきりと覚えている。治暦《じりゃく》三年（一〇六七年）二月六日の除目《じもく》で東宮学士に任ぜられてから四十四年の歳月が過ぎていた。

今は後三条天皇になっているがその時はまだ皇太弟・尊仁《たかひと》親王であった。

「あの時以来、匡房には多くのことを教えてもらった」

「とんでもありませぬ。主上《おかみ》の方が何もかもよくご存じでびっくりしました」

匡房の偽りのない気持ちであった。東宮になってからは自ら様々な書物を読んでおられたようである。

今も鮮明に思い出す。

「東宮時代が長かったのでかえって勉強する時間があったのだよ」後三条帝は言う。

後三条帝の父の第六十九代天皇であった後朱雀《ごすざく》帝（敦良《あつなが》親王）の息子には後に第七十代天皇となる親仁《ちかひと》親王とその弟で九歳年下の尊仁《たかひと》親王がいた。

後朱雀帝が崩御《ほうぎょ》された後兄の親仁親王が帝位に就いた。後冷泉《ごれいぜい》天皇である。この後冷泉の時代が長かった。

藤原摂関家（藤原北家）では後冷泉天皇の中宮や皇后には藤原家の娘がいるが弟の尊仁親王にはまだ誰も嫁していない。

兄の後冷泉天皇が即位したときはまだ元服もしていない十一歳の子供だったからである。そうすると今のままでもし後冷泉天皇が亡くなれば尊仁親王が即位するかもしれない。

若すぎるためにその時には摂政を置かねばならない。

またそれには尊仁親王の近親から選ばなければならないという慣例があった。

尊仁親王の母は禎子内親王であり当時摂関家の関白頼通《よりみち》と対立していた。こういうこともあって頼通は摂関家から娘を尊仁親王に送り込んでいなかった。

もしこのまま天皇が崩御すれば、藤原家の娘が入内《じゅだい》しておらずかつ男子が生まれていなければ他の家から選任することになる。摂関家の血がはいっている親王が生まれていなければならない。藤原家はこれまで天皇家に深く入り込んできたのだ。

それが無くなる恐れがあった。そうなればこれまで営々と築いてきた摂関家の特権を失う恐れがあったのである。

このため、藤原摂関家は頼道の娘・寛子や教通の娘・歓子を次々に中宮として皇室に送り込んだ。だが男子は生まれなかった。

もっともご落胤としての男子は一人いたが母親の身分が低いということで高階家《たかしな》に養子に出されている。

これも今から考えれば摂関家の血が入っていないというのが本当の理由であったかもしれない。

しかたなく男子が生まれるまでということで尊仁親王は長く皇太弟の地位のままであった。

「兄君に男子が生まれれば皇太弟は廃される運命だった。当然その場合は天皇になれない。周囲もそれを知っていて私にはつれない素振りだった。源隆国《みなもとたかくに》（後に権大納言《ごんだいなごん》にまでなる）などは頼道の目を気にして私をないがしろにしていた」

しかし尊仁はのちに天皇になってから隆国やその子供に対して報復をするどころか重用さえしている。そういう公平さを心掛けていたのがこの帝である。

「そういう（頼道に気兼ねする）人間が多かったのだ。東宮のしるしである壺切《つぼきり》の剣も私に渡さず二十三年間も頼道が持っていたよ」

「ずっとですか」

「そうだ。摂関家の地位を守りたかったのだろうよ。私が即位するときにやっと差し出したよ。悔しそうにしていた。しかしあれは東宮のしるしだ。天皇になってから貰っても意味がない」

「ずいぶん悔しい思いはおありでしたでしょう」

「うむ。それはあったかもしれない。しばらくはこの境遇に悩んでいた。しかし時間が経つにつれてそんなことよりも今のように天皇の即位まで左右する摂関家のあり方には疑問を持ち始めた。政治《まつりごと》にはある程度の権力は必要だ。また多くの仕事を処理するには摂政や関白の助けも必要なことも分かっている。しかし今の状態は限度を超えているようにも思えた。その源《みなもと》は何か。それを考えた。考え続けた。やがて原因のひとつは皇室の財源が漸減しているのがそれだと強く思った。荘園だ。権門（有力貴族）が多くの荘園をかかえている。このため権門は大きな力を持ち逆に朝廷には金がないのだ。金のない朝廷では権門の力に対抗できない」

朝廷（国家）の収入になるべきものが寺社や権門の収入になってしまっている。

この当時、国家という概念はまだ生まれてはいない。朝廷がすなわち国だった。ちょうど東北では前九年《ぜんくねん》の役《えき》があり朝廷は鎮圧に必要な軍費に苦慮していたときで、まだ日本全土は統一されていない。

蝦夷《えみし》（と呼ばれる人々）が存在したのである。といっても後世に言う蝦夷ではない。

中央の人間は自分たちと異なる人々を蝦夷と呼んで差別していた。

二　蝦夷《えみし》

話は古くなる。

記録によると大和朝廷の時代になって中央集権化が急激に進みそれまで畿内中心であった勢力範囲が次第に地方へと拡がりはじめた。

しかし都より遠く離れた地方では文化の差もあり順調にはいかなかった。

特に陸奥（現在の岩手県に相当）・出羽（今の秋田県に相当）ではこの時代になってもまだ農耕文化は浸透せず狩猟採取生活が主であった。

陸奥の厳しい気候に耐えられる穀類の品種がなかったことや水利設備が未熟であったことが主たる要因であったであろう。

第十二代天皇であった景行天皇は即位してから二十五年が過ぎる頃部下の武内宿禰《たけうちのすくね》を北陸、東北へと差し向けた。宿禰は先遣隊を派遣し朝貢の理非を説いた。また同時に自らは柵の周りに多くの兵を並べて威圧も行った。

「どうであったか」

「朝貢の必要性について理解を求めるのは難しいようです」

彼らは小さな部族ごとに集落をつくっている。それらの間で諍いはあるようだが大きな争いは生じていない。まだ大きな豪族は生まれていなかったのである。

一方、彼らの城はというと径六～七寸（十八センチ～二十センチ）近い太い丸太を地中に突き刺し城のまわりを囲んでいる。その丸太は長さ一間半あまりもある。これらの丸太どうしは横に巡らせた少し細い棒で止めている。畿内のそれに比べれば隙間だらけである。

彼らはこれを柵と呼んでいた。

この中に食料、武器を保存する倉庫や別に見張り台のような高い櫓《やぐら》のような建物がある。

いずれも豪雪を避けるためか高床式となっている。

柵の中に六つほどの竪穴式住居が建てられている。

藁ぶきではあるが大きな建物が二つあり一つは領主の住むところであろう。

宿禰は多くの軍勢で攻めかければすぐにでも攻め落とすことができると見込んだ。

他の地域でも似たような状況であった。


足かけ二年に及ぶ調査を終えた朝廷は天皇の息子のうちの一人である小碓命《おうすのみこと》を総大将として奥羽に差し向け朝貢に応じるよう勧めた。

しかし双方の考えは一致せず戦いとなるしかなかった。


現地の人間は生きるために日頃森林に潜む鳥獣を追い回している。体格の優れた馬を乗りこなし馬上から騎射ができる。

用いる弓矢は畿内のそれよりも短いものであったがこれらは戦にあたっては一騎当千の活躍をした。


争いは長引いたが朝廷軍は大軍ゆえに最終的には朝貢に応じさせることには成功した。

しかしこれが限界であった。

天皇は小碓命を倭建命《やまとたけるのみこと》（日本武尊《やまとたけるのみこと》）として朝廷の威を高らしめた。一方陸奥の民も朝廷の軍を押しとどめたとして双方の都合に良い解釈をした。

全国一律に課した租・庸・調の税制は一見公平に見えるが狩猟を主にする陸奥では多くの無理があった。

このため税については京へ持参するのは数年に一度でよいとか調に至っては十年に一度でよいとかの便宜を図った。

主な税である租ですら籾《もみ》で納めなければならず米の取れない陸奥では重税と受け止められた。

また特産物か麻で納めなければならない調もこれも籾で納税していたし、兵役も籾で代用し納めていたから籾での納税額は相当な割合になっていた。

歴史的な要因もありこの辺が中央政府の力の及ぶ限界であった。

しかもこの状態が長く続いた。

狙いがあったのである。

陸奥、奥羽では砂金を産出した。

貴族はこれを欲しがった。

今でこそ半導体など多くの方面に用いられるが当時は単なる装飾品にしか利用できない。

しかし貴族は欲しがったのである。

一方、武士階級は畿内のそれよりも身体の大きい馬に注目した。場所を選ばず高速で駆け抜け膂力《りょりょく》のある馬は戦の勝敗を決める。東北の民はこの馬上より騎射をする。走りながらである。矢を番《つが》えた彼らは上体を動かさずに射るのである。日頃の狩猟活動で培われた技量である。しかし戦ではこれが大きな力を発揮した。戦は相手を殺すかこちらが殺されるかである。奇妙な均衡状態が長く続いていた。

その後陸奥の一豪族に過ぎなかった安倍頼時《あべよりとき》は納税を拒否し同調者を集めた。これは放置できない。国司・藤原登任《ふじわらなりとう》は永承六年（一〇五一年）国司の軍を率いて従属させるべく兵を差し向けたが鬼切部《おにきりべ》の戦で大敗を喫した。

彼らは柵で戦わない。平原で対峙すると逃げると見せかけたくみに森や林に誘いこんでは騎射をする。多くの兵が倒され朝廷軍はやっとの思いで逃げ帰った。朝廷は考えた。

これまでの国司は皆文官（当時行政官はすべて文官ばかりであったからこの言葉はまだ無かった）であった。

そこへいきなり武士をもってきたのである。

武士の名は源頼義《みなもとのよりよし》。彼は戦だけでは勝てないとみて出羽の豪族・清原武則《きよはらたけのり》等を仲間に加えて安倍氏と対峙した。

直後に起きた黄海《きのみ》の戦いでは冬季ということもあって貧弱な兵站に支障をきたし手ひどく負けた。

その後戦略を立て直した頼義は黄海、小松の柵を落とした。

長年の戦いの結果最終的に朝廷側の勝利となり安倍氏は滅び清原氏は陸奥の国を治めることになる。

これを契機に武士階級特に源氏は急速にこの地で施力を伸ばしてゆく。

朝廷は面子を保つことはできたが大きな問題も抱えた。

三　税

「私は今の税制ではいずれ行き詰まると思っている。税を納めない寺社や権門だけが得をしている。まずこれをなんとかしたかったのだよ」

尊仁親王は前九年の役の推移を見ていてそう思った。

匡房も若い時に丹波の国で国司代の苦悩を見て知っている。あの時も膨大な荘園の存在は問題であった。

あれは文章得業生《もんじようとくぎようしよう》になってしばらくした時のことである。得業生になれば夏冬の衣服や食料《じきりよう》などの金品すなわち学問料が支給されるが、朝廷も何もしない人間に給与を支給するわけではない。もともとは貧しい学生に与える奨学金であったが時代とともに少しずつ変わった。代わりに形式的だが地方官を任命することがある。

もっとも任命されても地方へ赴任する者もいれば行かなかった者もいる。

天喜《てんき》五年（一〇五七年）の二月に匡房は丹波掾《たんばのじよう》に任命されている。国司の下に国司代《こくしだい》があり掾はまだその下であった。丁度十七歳になった時である。

このときに数日の短い期間だったが丹波の国に赴任したことがあった。初めて地方の実情を垣間見た。父成衡《しげひら》も世の中のことを知るのもいいだろうと言ってくれた。

その前年には元服し妻も迎えていた。


丹波の国の国司代は都から来た若き秀才に対し様々なことを伝えた。今は自分の方が上の地位にいるがしばらくすればこの若者の前に跪《ひざまず》くこともあるかもしれないと思っていたからである。

制度により農民は朝廷より定められた一定の土地（口分田《くぶんでん》）を与えられたが、代わりに租税を課されている。これを軽くしたいと思うのは税を納める方にとっては当たり前かもしれない。

これを逃れるため寺社や権門にその土地を寄進し自らはその下で働くことを考えた。

寺社は制度上無税となっていた。

寄進したから形の上では寺社や権門の土地になる。しかし寺社や貴族が耕作するわけではない。今までと同じく農民が働く。代わりに少ない謝礼で朝廷への重税を逃れていたのである。

もともと寺社は無税だし、権門も朝廷から支給される報酬（形の上だけだが）も、これまた無税である。

このため本来朝廷に入るべき租税は目減りしていき寺社や権門の領地・荘園は増えていく。国司は税の取り立てに苦慮していたのである。

もっとも抜け道はあった。

抜け道というより制度上の欠陥である。

律令制の黎明期に業務量は飛躍的に増大した。朝廷は地方の行政を順次国司に移譲してきた。荘園の申請を決済するのは国司である。

無秩序の荘園の増加に対して歯止めをかけるべきところを国司が勝手に有力貴族に対して荘園にしてしまうのである。

国司の任免は貴族が行う。このため国司や国司代は任期が迫ると貴族の歓心を得るため彼ら自身が荘園を増やしてしまうのだ。結果として有力貴族の土地は増えていく。


東宮であった後三条帝は深窓の中にいたはずである。一体どこでこのような情報を知ったのであろうか。東宮時代にこの問題の解決策を用意されていたフシが見受けられる。

帝は言う。

「ずっと前からどのようにして解決していくかを考えていた」

以前より新帝が即位した時にはその都度荘園整理令は発令されていた。どの天皇も朝廷の経済には危機感を抱いていたのである。

しかしその内容は荘園の増加を抑えよという通り一遍のもので実効性は乏しかった。

「これまでは整理令という宣旨を出してもその後の確認がなかった。しばらくすれば権門の力でまた元に戻ってしまった」

四　施策

帝はその時のことを思い出すように内裏の庭を眺めておられた。

「何か宣旨が守られる仕組みはないものかと考え続けた。ずっとだ。しかし権門の力をすべて否定するようにではない。ただ歯止めをかけなければという思いだった」

税を納めない者は富を得る一方、税に苦しめられる者は少しずつ貧しくなる。富める者とそうでない者との格差は広がっていく。

いつの世も富の偏在は問題である。

放置すれば社会不安の要因ともなりかねない。先帝の後冷泉天皇の改革の時にはその格差が顕著になった。

匡房はその間の事情を聞いて知ってはいたがそれほど疑問は抱かなかった。摂関家のサロンのようなところに四六時中出入りしていたから矛盾は感じなかった。あそこは富める者の集まりであったからである。

尊仁親王はそれとともに些事《さじ》に思えるかもしれないが税の徴収に使う枡に興味を持っていた。

これは丹波の国を訪れたときに実際に見て知っている。

農民は租税である籾《もみ》をきちんと計って持ってきたのに納税の時に少ないと文句を言われるのである。

「それは匡房から聞いたな。だから実際に確かめもした」と帝は言う。

延久四年のある日、尊仁親王は天皇になってからすでに四年になっていたが清涼殿の庭で枡に砂を入れて確かめていた。

それを見ていた公卿の中には大きさが変われば量も変わるのは当たり前ではないかとか

治天の君がすることかという意見もあった。

「いやそれは違う。むろん枡の大きさが変われば当然量は変わる。それぐらいは分かっている。あれは入れ方により量目が変わるかどうかを確かめたのだ」と言われる。

「実際にやってみた。ゆすったりすると確かに変わるがその割合はわずかでやはり枡の大きさが重要なことが分かった」

それまでは各自が勝手に大きさを決めた私枡《わたくします》を使用していた。つまりばらばらであった。そんな都合の良いことを許してはならぬ。不公平を嫌う帝は以後それを全国的に統一したのである。

それからは徴税の時に使う枡《ます》は朝廷が決めた大きさでないと底に焼き印を押さないようにした。公定の枡である。ひとつの基準器となった。

後年、延久《えんきゅう》の宣旨枡《せんじます》と呼ばれた。

このときは容量だけの統一であったがのちに長さの統一もされ織豊時代の検地や現在の度量衡の基準である計量法に繋がっていく。

随分前になる。

尊仁親王の父親の後朱雀帝《ごすざくてい》の病が重くなった寛徳《かんとく》二年一月（一〇四五年）の話である。

ときの関白藤原頼通は後冷泉帝に譲位するように進言した。進言したというより圧力をかけるようであったという。

当時の摂関家である藤原北家《ほっけ》の権力は絶大で天皇をも動かせるほどであった。端的な例がある。

時の摂政であった藤原道長は娘を次々に内裏に送り込んだ。娘・彰子は第六十六代天皇である一条天皇に、研子は第六十七代三条天皇に、威子は第六十八代天皇の後一条天皇に中宮として送り込み摂関家は天皇の外戚として事実上天皇家を支配した。天皇に男子が生まれれば早々と退位させて娘たちはそれぞれ太皇太后、皇太后および皇后とした。一条天皇はわずか七歳、後一条天皇は八歳で即位した。先帝は退位させられたのである。

それらの天皇は摂関家の思うがままであった。

このとき道長は絶大な権力の頂点に居た。

「この世をば我が世とぞ思ふ望月《もちづき》の……」と謳《うた》った頃である。

これはまだしばらく続く。関白職を息子の頼通に譲った後もさらに娘の嬉子を後朱雀天皇に差し出している。この嬉子は残念ながら皇子の後冷泉天皇（親仁）を生んでまもなく亡くなっている。

しかしこれはいつまでも続かなかった。

後冷泉帝が即位してからも関白となった藤原頼通は娘の寛子を、頼通の弟である教通も娘の歓子をそれぞれ皇后として宮中に繰り込んだがついに皇子は生まれなかった。

正確に言えば歓子は男の子を生んだが死産であった。


長らく尊仁親王は皇位に就く予定のない親王として周囲から軽んじられていた。

前述のように壺切の剣は渡されていなかった。頼通が藤原家の血が入っていない尊仁を皇太弟として認めたくなかったので教通の娘歓子に皇太子を生ませようとしたのだがうまくいかなかった。男子が生まれれば尊仁を交代させることができると目論んでいたのである。

「東宮御所に詰める役人も少しずつ減っていった。なかなか昇進できなかったからだと思う。私に会う時でも目を合わさずに通り過ぎていくのだ」

「その時はどのように思われましたか？」

「もちろんいい気はしない。だがあれもすべて頼通に睨まれるのを避けてのことだ。その人間を責めるつもりはない。つもりはないがしかし人間とは浅ましいものだと思った。どうしても権力に阿《おもね》っていくものなのだ」

それゆえか否かは分からぬがこの帝は即位してからも公卿の昇進に対して報復人事は行わなかった。匡房はここでもまた教えてもらったような気がした。

後朱雀帝の病がだんだん重くなり関白となっていた頼通は親仁（後の後冷泉）へ譲位するように迫った。帝の裁可を得るとそのまま退出してしまったがその後に頼通の弟である藤原南家の能信《よしのぶ》が現れた。

彼は摂関家の本流であったが少し変わっていた。

兄頼通と同じく道長が父親であったが母親は明子と言い父が流罪になった人物であったため能信は昇進で差をつけられていた。このため藤原南家という本流でありながらそのやりかたを素直に肯定することはなかった。

「尊仁様のご処置も決めておかねばなりませぬ。出家させるおつもりですか？」と訊いた。能信は内心尊仁を出家などさせてはならぬと考えている方だった。

後朱雀帝は、

「親仁に（男の）子が生まれるであろう」

と答えた。能信は言う。

「それが叶わなかったときのことも考えておかねばなりませぬ」

と暗に皇嗣《こうし》を作っておくべきだと強く薦めた。もし親仁親王に男子が授からなければ数代前まで遡《さかのぼ》って男子の皇族を立てねばならないが叶う方はいなかった。

こういう経緯があって皇嗣たる皇太弟の設置が決まった。事実このときには尊仁は出家することも考えていたという。

能信の献言を容れて帝は直ちに頼通を呼び戻し尊仁親王を皇太弟にするという一文を付け加えさせた。

尊仁はこのことを生涯恩義に感じていたが即位する三年前に能信は亡くなっていた。このためかどうか分からぬが即位してからはこの能信の子弟を重用した。

後三条帝は報復人事を行わず公平を目指したといわれるがやはり報恩という一面はあったのである。

尊仁が一時は出家することも考えていたというが匡房もまた出家することを考えていたことがある。

十六歳で省試《しょうし》に合格し文章得業生になった後その二年後には対策《たいしゃく》試験（最高位の試験）

に及第した。

菅原道真ですら合格したのは二十六歳になってからであるから世間からは驚きの目で見られた。

さらにその二年後には治部少丞になり従五位下《じゅごいのげ》に任命された。しかしやる仕事と言えば式部省の下級官吏として多くの役人の考課の査定をするだけであった。この後数年間はいろいろと悩むことがあった。

新進気鋭の若者・匡房はは大江家の期待と現状との狭間で大いに悩んだ。

出世だけではない。幾人かの女性との失恋もあった。将来への不安と甘い生活への期待と挫折、誰にでもある青春の一コマである。

匡房は落ち込み、洛中を彷徨《さまよ》い東山《ひがしやま》の山中に分け入ったこともあった。一時は出家を想わぬことはなかった。

「その時、私は治部卿であった権中納言《ごんちゅうなごん》藤原経任《つねとう》様に考え直すように強く言われました」

経任は道真をもしのぐこの若者の将来を気にかけていた。老齢であり祖父のような慈《いつく》しみをもってかき口説かれた若者はようやく元気を取り戻した。

果せるかなその一年後の治暦三年に念願の東宮学士に任ぜられる。ようやくここで尊仁と巡り合うことになったのである。

このときのことを思い出したので訊いてみたのである。

「匡房でもそういうときがあったのか。うむ。私にも確かにそう思う時はあった。しかし頼通の仕打ちを目の当たりにするとここで引き下がってなるものかと逆に闘志を燃やしたよ。摂関家の横暴ぶりにかなりの義憤を感じていたのでなぁ」

こういう気持ちがあったからこそ二十三年もの間、皇太弟であり続けられたのかもしれない。

五　東宮学士

「匡房を東宮学士にしたのは私の希望でもあった。道真をもしのぐ秀才に是非教えを乞いたかったのだ」

匡房は東宮御所に日参し紀伝《きでん》をはじめ帝王学を進講した。

「帝は特に紀伝道をよく修せられました」

「私は優れた帝王の知恵を知りたかったのだよ」

紀伝道はもともと主に中国の歴史を学ぶもので歴代の皇帝の事績を述べたものであった

が次第に漢文そのものを勉強する学問に変化しつつあった。しかし一方で尊仁はむしろ市井の様々な様子を聞くようになっていった。それにつれて匡房も洛中の様子や実務官僚の話を聞くようになった。

「あの時に思いました。それまでは勉学に励み大江家の家を昔のように高めることばかりを考えていました」

「そう言えばそなたの家は紀伝道を家学としているからのオ」

事実、大江家の祖先の幾人かは東宮学士や大学頭《だいがくのかみ》になっている。以来学者の家である。

「しかし帝のお言葉を受けて真に世の中の実情をもっとよく知らねばならぬと強く思いました」

講義を進めるなかで時おり洛中や地方のことをお尋ねになる。

匡房はほとんど何も知らない。省試に合格し対策《たいしやく》に及第し学問では自信があったが世情には疎かった。当然である。机上の学問だけで現実の世の中を全く知らない。帝も同じであったはずである。御所の中だけで過ごしそれ以外は想像だけでしか知らない。

偶《たま》に聞いてもよく分からなかった。

恐らくその思いは匡房以上に強かったに違いない。このことは直接言われることはなかったが言葉の端々から強く感じられた。

今までと違う別の世界の扉を開くようであった。

以後尊仁親王が東宮であったときはもちろん即位されてからも東宮御所や清涼殿に通った。


大江成衡《なりひら》は匡房の父である。

「我が家の先祖は天皇である」

成衡はよく周囲にそう言っていた。

事実大江家は系図によると第五十一代平城《へいぜい》天皇を祖としその子阿保《あぼ》親王の末裔に当たる。

阿保親王子の子には長男本主《もとぬし》のほか行平《ゆきひら》、業平《なりひら》の兄弟がいた。

二人は臣籍に降下しそれぞれ在原《ありはら》行平と在原業平になった。ともに和歌と艶聞で知られる。

この本主の子が後に東宮学士を経て参議にまでなる音人《おとひと》である。その後五代を経て成衡に至る。その成衡に長久二年（一〇四一年）長男の匡房が生まれた。

曾祖母は歌人としても著名な赤染衛門《あかぞめえもん》である。匡房が生まれたときにはまだ存命で曾孫が恵まれたことに感激して産着に歌を添えて送ってきた。

当時都には盗賊が横行し天災や僧兵の狼藉などがあり治安は乱れていた。しかも政治は摂関家の専横が続き停滞しておりそれへの有効な対策は何もなされないままであった。

平氏や源氏の侍はいたが貴族の飼い犬にすぎず地位は低かった。

そこから逃れるがごとく庶民の間には田楽《でんがく》や猿楽をはじめ様々な芸能が拡がり都は殷賑《いんしん》を極めていた。また宮廷では和歌を競う歌合せも盛んに行われていた。

他方では摂関政治の矛盾も徐々に出始めていた。


さて匡房の数代前の先祖は大学頭《だいがくのかみ》、文章博士《もんじょうはかせ》や東宮学士にまでなった人がいる。

一族には学者が多いので匡房は自然と学術的雰囲気に囲まれて育っていった。

四歳には読書を課され八歳には「史記」などに通じていたという。この頃より既に神童と呼ばれ将来を期待されていた。

成衡は匡房がもの心つく頃から、

「儂は自分の書を残さなかったが代々家に伝わる書物の保管や補修は一生懸命やって来た。我が家だけでは狭くなるので二条の高倉に書庫を造営して保管している。自慢できるのはそれくらいかな」と言っていた。

成衡は息子の成長が楽しみであった。


「お前はこの先何を目指すのか」と成衡は訊いたことがある。

「御先祖の音人様のようになりたいと思います」

「なぜか」

「はい。音人様のように紀伝道を究め東宮学士になりたいと思います」

父は紀伝道と聞いて満足であった。

大江家は代々学問の家系で特に紀伝道を家学としていたからである。


さてその紀伝道というのも中国の歴史を学ぶ学問から後に文学や文章を学ぶ文章道もこの紀伝道に含まれるようになる。

しかしそれぞれの指導者はわかれており個別の文章博士（指導者）や紀伝道博士と呼ばれるようになっていた。著名な文章博士では菅原道真などがいる。

紀と言うのは皇帝や王などの一代記であり伝というのはそのほかの偉人の物語を記したものが中心となっておりこのような記述を紀伝体と言う。いずれにしても対象となる人物に貴賤の差こそあれ特定の個人の一生を記述したものである。

これに対して歴年ごとに出来事や複数の人物を記録した歴史書は編年体と呼ばれている。それぞれの時代の流れはこの方がよく分かる。


これまで述べてきたように、この時代の社会は主に大宝律令で決まっていた。これは唐の律令制を参考にして平安中期の大宝元年（七〇一年）に制定された法令集である。いくつかの変遷があったが平安時代末期まで連綿と続く。刑法、民法および行政法が柱となっている。中身は違うが骨組は現在と変わらない。

これらの法令に基づき様々な朝廷の組織が作られる。その中に式部省（現在の人事院と文部省に相当する）が管轄する大学寮というのがあった。寮と言っても学生が生活する現在の寄宿舎を言うのではなく中央の官僚を養成する機関のことである。

中身は儒教を学ぶ明経道《みょうきょうどう》が中心であったがその後、法を学ぶ明法道《みょうほうどう》、算術を対象とした算道のほかに歴史を究める紀伝道《きでんどう》というのがある。

ただしこの時代、道と言うのは学問の領域を示すもので武道の流派や宗教的な意味合いではない。

その目的は優秀な官人すなわち官僚の育成であり五位以上の貴族の子孫、あるいは貴族でなくても八位以上の官人の子であれば希望すれば入学できた。

各道は数名以上の学生が居たがもっとも人気のあった明法道では最高時には四百名の学生が在籍したと言われる。現在も大学の法学部が出世コースとして人気があるのと似たようなものである。

いくつかの段階では学問の進展によりそれぞれ試験があり高位の合格者は得業生《とくぎょうしょう》と呼ばれて学問料が支給され官職にも就けた。

現在の文官試験に通じる。

勿論教官にも給料に代わる職田《しょくでん》と呼ばれる領地が与えられる。

ここまで見ると現在にやや近い公平でかつ門戸を開いた体制である。ただし一定以上の地位にいる官吏に対してだけではあったが。

これに刺激を受けた訳ではないが紫式部、清少納言あるいは和泉式部などの女流作家が多く排出したのも同じ時期である。

六

「寮試《りょうし》を受けるようになったそうだの」と父成衡は言った。匡房が十五歳になった時である。

「はい。今『史記』と『漢書』を見ております」

成衡は現在辞しているがかつては大学頭《だいがくのかみ》にまでなっていたことがある。したがって寮試のことはよく知っている。

寮試というのは大学寮の試験のことで『史記』『漢書』を対象にして口頭試問がある。漢書の直読と訓み下しすなわち日本語のように読むことが課される。現在の漢文の授業のように返り点はついていないので日頃読みなれていないと読めない。

例えば『陽春召我以煙景　大塊假我以文章』という漢文を『陽春の我を召くに煙景を以てし　大塊の我に假すに文章を以てす』と読むのである。

もっともこれが主とはいえほかにもその漢文の意味を問われるなどがある。

しかしこれは難なく合格した。

大学寮に通っていたときに友人ができた。

菅原道真の娘で尚子というのがいたがその数代後に阿部の姓を得て官吏を務める家柄となっている。

名前を阿部兼平《あべのかねひら》と言い匡房よりも一歳年長だが仲がよかった。

二人は互いに学問に励んだがある時兼平は、

「俺は算道に興味がある。時間がかかってもこれをやりたい」と言った。

「お前は変わっているよな。俺には抽象的すぎてよく分からないよ」

匡房は謙遜もあったが事実、あまり得意ではない。何とかついていけると言う程度であった。

「そうかなあ。面白いよ。へんてこりんな形の田んぼの広さの計算なんか簡単にできるし」

算道は中国の算術で、今日でいう土地の測量法を基礎に矩形《くけい》や円形の面積や平方、開平、比例配分、正負の概念や連立方程式の解法問題までを勉強する学問である。

徴税の基礎になる土地の面積を知るためには不可欠の手法で当時としてはかなり実用的な分野である。

大学寮では紀伝、明経、明法と共に四道のひとつとして学ぶ。いずれも中国の文化教育体系をほぼそのまま受け継いでいる。ただしこの算道は他に比べて扱いは低かった。

匡房が十六歳になって省試（式部省の試験）を受ける。これも国家試験で寮試の一段上となる。

課題が与えられそれについて作文《さくもん》する。すなわち漢詩を作る。これは創作に近いから作る方はもちろんその能力が求められるが、採点する方もその方面のかなりの実力が必要である。

合格すれば晴れて文章生《もんじょうしょう》となるがその定員は二十名である。そのうち成績上位の者は二名選ばれて文章得業生《とくごうしょう》になる。

匡房はその中の一人となった。もちろん学問料が支給される。

弱冠十六歳である。天喜四年（一〇五六年）十二月二十九日のことである。

年が明けて一月の終わりに手続きのこともあり久し振りに治部省に向かった。大内裏の南にある朱雀門《すざくもん》を入り西に向かうと治部省がある。東に行くと式部省や民部省の大きな建物があるがこの民部省から出てきた兼平と出会った。彼は今ここで相変わらず算道の勉強をしていた。

「おめでとう。すごいなあ」

兼平は匡房が特業生になったことを知っていた。彼は素直に喜んでくれた。匡房もまた羨望の眼差しを隠そうともせずに素直に祝ってくれる友の言葉が嬉しかった。

七

「父上、私は丹波に行くことにしました」

匡房は嬉しそうな顔をして言った。

朝廷も学問料を出す代わりに何らかの仕事を与えなければならない。これを兼国《けんごく》といったが遠国《おんごく》でなく都に近い所に派遣された。現在でも中央の国家公務員がキャリアパスの一環として地方自治体に出向するのと似たようなものである。匡房は丹波掾《たんばのじょう》に任じられていた。

「うむ田舎じゃのう。しかし都からはそう遠くはない。行って鄙《ひな》の里を見てくるのも良いかもしれぬ」

丹波掾というのは丹波の国司を補佐する役目であったが、すぐ下の地位で居ても居なくてもたいして変わりのない職位であった。

多くの掾は都にいるだけで任地まで行かない。しかし成衡は若いうちに見聞を広めておくのも良いかもしれぬと考えた。匡房はいままで都を出たことがなかった。彼も一度は都を出て地方というものを是非見てみたかったのである。

三月に五条の我が家を出て京《きょう》の七口《ななくち》の一つである西の丹波口に向かう。匡房は逸る気持ちを抑えながら丹波の里に思いを馳せた。

丹波口を通り過ぎ桂川を横切ると亀岡街道である。沓掛《くつかけ》の低い峠を越えてようやく丹波の国に入った。

峠からは亀岡の平野が見渡せる。さらに北に行き亀岡の千代川村国分に向かい国司の館に着いた。

幅一間ほどの門の中に国司の住む館や政庁のほか武器庫、塩や味噌を入れる倉庫、年貢を納める米蔵、下人の住む長屋などが並んでいる。その周囲には土蔵がありさらに外側を浅い堀が囲んでいる。

「都から遠路大義であった。まずはゆるりとされよ」

国司代の能勢三郎は若い匡房を見て言った。国司は守《かみ》と呼び多くは下級貴族で都にいることが多くなっていた。そのため自らの代わりとして国司代を置いた。

その国司代は正式には介《すけ》と呼び守の下で国司の仕事をしている。匡房が担当する掾はその介の下の地位である。

三郎は匡房が文章特業生であることは知っている。自分の官位はいま正七位下であるが匡房はもう従七位の上である。位は一つしか違わない。いずれ自分が下になるであろうから粗末には扱えない。国司の下役などどうせ名前だけで都にいるものだとばかり思っていたが実際に短い間とはいえ赴任してきたので少し戸惑った。

しかし同時に何をさせるかも考えなければならなかった。

「都では何か変わったことはないかな」

丹波では都の情報は比較的よく入ってきていたがそれ以外の話も聞きたかった。

「はい、帝もご壮健であらせられるし関白頼道様も変わりはありません」

「五年ほど前に道長様の宇治の別荘を寺に建て替えられたというのは聞いているが匡房殿は行かれたかな」

「いえ残念ながらまだ行っておりませぬ」

「多くの塔頭《たっちゅう》があり豪壮な寺院だそうだが一度拝みたいものだ」

摂関家の財政を支える荘園は漸増しておりその勢いはとまらない。

「ああ言い忘れましたが二年前に荘園整理令が出されていますがもちろんご存じでしょうね」

「もちろん知っている。しかしどれほど効果があるか疑わしいものだ」

非課税の荘園が増えたために朝廷の所有する土地が減っているのは国司代としては大問題である。そのままだと任期が過ぎて都に戻るときに自らの評価が下がる。

国司代はそれを補うために租税（年貢）以外の税すなわち庸、調などを厳重にしてそれを軽くする代わりに租税を増やすなどの工夫をしている。

「ここでは訴状を受け付けることもあるが一番大事な仕事は年貢の徴収だ。しかし年貢の徴収は去年の十一月にほぼ終わっている。

今年の秋までは殆んどないので溜まっている訴状を整理してほしい」

「分かりました。しかしどのような訴えがあるのでしょうか」

「まあ見てもらうしかない。殆んどが税と土地に絡むものだ」

翌日からは案内してもらった国司の政庁で訴状に目を通した。

ほとんどが土地の私有を認めてほしいというものである。たとえば公水（既に存在する湖沼や河川で公共のものとされているもの）を使わずに新しく開墾したので私有地として認めてほしい。とか放置された土地を耕しただけだと判定されたと言われたといった類である。

私有地となっても納税義務はあったが庶民にとってはやはり自分の土地を持ちたいという望みは強かったようである。

匡房は訴えのすべてが受け付けられているかどうかという疑問も感じた。

「いちど田堵《たと》（大きい土地を経営する百姓）を訪ねてみたいのですが」と言って近くの田堵を訪れたこともある。

そこでは「なかなか（私有地として）認めてもらえないのなら貴族に寄進した方がよい」といった意見も聞いた。

朝廷は新しく田を開発し食料増産を目指した。

新しく開発した農地は未来永劫にわたり私有地と認めた。その永年私財墾田法《えいねんしざいこんでんほう》は法令の目的とは異なり逆に荘園が増える遠因となっていった。目的とは異なる結果となっていたのである。

匡房はそのときは気が付いていなかったが政治とは複雑なものだと思った。

八

後冷泉帝も即位の前後から荘園の増加には危機感を抱いていた。

古くからの問題であった。

延喜《えんぎ》二年に醍醐天皇が荘園整理令を出してからも永観《えいかん》年間に花山《かざん》帝からも、長久年間の後朱雀帝からも荘園整理令は幾度となく出されている。

いずれも当初はいくらかの効果があったかもしれないが結局空文となってしまった。

要因は様々である。後冷泉天皇もこの問題は重要であると認識されていた。

即位した寛徳《かんとく》二年に同じく整理令を出された。寛徳の整理令である。すべての荘園を否定するのではなく前任者の国司が認めたものまでは荘園とした。ただし現任者の認めた荘園は除外した。既得権までは認めたのである。

荘園と言ってもいろいろとある。貴族などあるいは寺社や役人に支給する報酬を領地として与えていた。ただ租税に相当するものは課されていない。農地を増やし食料増産が目的であったから新しく開墾した土地は私有地として農民に与えた。農民と言っても田堵などの規模の大きい農地経営者である。

しかし租税を逃れるために形式的に寺社や貴族に寄進するのは本来、目指すところではない。またひそかに隠れ田や隠れ荘園を持つのも税負担の公平さという観点からも認められるべきではない。

後冷泉帝の時はこれまでとは違い厳格にしようとした。

荘園で働く農民や権門勢は税金を逃れているが一般の農民は苦しんでいる。離農する人間もいる。法令に反した国司は解任し今後は一切任用しない。不法な国免荘《こくめんのしょう》を一掃しようとしたのである。

このこと自体は正しいと思われ期待をもって受け止められた。

しかし思わぬ副作用が出てきた。

これまで荘園は農民の就労先であった。特に新規に開墾する場合は多くの労働力を必要とする。それもそれができるのは金のある富裕層だ。開墾しても自分の土地にならないのであれば、彼らは開墾の意欲を無くした。

失業者が増えだした。米の生産量も減ったのである。

曲がりなりにも荘園がそれなりの役目を果たしていたのが分かった。

これは予期せぬことであった。それでも後冷泉帝は朝廷経済の立て直しをあきらめなかった。


なんとかして頼道の協力も必要だ。一方で頼道の最大の関心事は摂関家の地位を守ることだ。

もし今のままで尊仁が即位することになれば藤原家は摂関家で無くなる可能性がある。

頼道は荘園の無秩序な増加を食い止めようとする整理令には理解を示している。

今のままでも摂関家の荘園はじわじわと増えていたからである。

そのことを知っている帝は頼道の目の前に餌をぶら下げた。頼道は摂関家の地位を守りたい。そのために娘を入内させ今の地位を守りたい。

このため引き続き関白を続けさせるという約束をするだけでなく頼道の娘を入内させることにした。

代わりに整理令の推進に協力させ、なおかつ尊仁を皇太弟にしておくことを承認させた。尊仁を皇太弟にすることは先帝の遺勅《いちょく》であったが取り消すことは今の摂関家の力であればできないことではない。

取引をしたようなものである。

後冷泉帝にすれば尊仁を引き続き皇太弟にしておくことはどうでもよかった。頼通にしても似たようなものであった。そのうち後冷泉帝には男子が生まれるであろうという認識であったのである。

しかし跡継ぎはとうとうできなかった。また整理令の問題も解決できないままであった。

尊仁はこれらの動きや世の中の流れを見てどのようにすればよいか考えていた。

権力の外側にいたから為政者からではなく農民の立場からも考えることができた。

後冷泉帝がとうとう男の子ができぬまま亡くなった。

このとき頼通は苦々しい思いを抱きながら尊仁親王に即位の儀礼を告げにきた。尊仁はその間、静かに頼道の挙措《きよそ》を見ていた。

三十五歳になっていた。

満を持して尊仁親王が即位することになった。後三条天皇である。

まずは延久の荘園整理令の発令である。

新帝は朝廷経済の立て直しと摂関家からの独立を目指された。

匡房は正五位下の蔵人《くらんど》（天皇の秘書のようなもの）に昇進し晴れて殿上人になり新帝のブレーンとなった。東宮学士となってからわずか一年あまりである。同時に中務大輔《なかつかさのたいふ》に任ぜられた。中務省の次官であり天皇の秘書局の役割を担う。

後三条天皇は匡房の博識を期待していた。


「（先帝の出された）寛徳の整理令の理念は正しいと思う。だがいつの間にか守られなくなったし思わぬ副作用まで生じた。何が間違っていたのだろうか」

新帝は半ば分かっていたが問われる。

「新しく開墾した時に公水《こうすい》を使用したか否かは最終的には国司が判断します。また放置された荒れ地を再開発したものかどうかも国司が決めます。任期末が近づくと荘園として認めるのが多いようです。しかし一方でその地の実情は国司が熟知しているのも事実です」

匡房はこれまでの状況を端的に説明した。

国司に権限が集中しているのが問題であるというのが匡房の認識であった。

「国司ではなく他の者が判定すれば不正は減らせるのかな」

「内裏に詰める役人では地方の実情を知りませぬし無理かと思われますが」と匡房は答える。しかし遠国まで出かけて逐一調べるのは膨大な手間がかかる。

「いや利害に関わりのない役人にするしかないのではないか。ひとつその方向で案を練ってほしい」

たしかに利害を離れた第三者であれば腐敗が蔓延《はびこ》ることは少ないだろうが内裏の役人の業務が増大する。今のままでは処理しきれない。またここでも不正が起きるのではないか。

考えればキリがなかった。しかも逃亡した農民を復帰させ、放置された耕作地も恢復させねばならない。

実はこれらは後三条が皇太弟であった頃にも考えていたことである。

尊仁親王と匡房は何度も相談していた。

即位してすぐに新帝は動き出した。すでに方策は立てていたようである。

「中央に荘園の認定をする新しい部署を作る。名前は匡房が考えよ」帝は宣言された。

「それは構いませぬがそこでも不正は起きませぬか」

「国司一人で荘園の申請を認可するのではなく複数の人間がそれを決める。書類の審査を厳格にするのだ。それを専門の部署ですれば公平さを保てるだろう。他方正しいものは認める。世の中を公平にしなければならぬ」

「流浪している農民の就労先はいかがなさいますか」

たしかに新しい農地を開発することは（荘園に組み込まれたとしても結果として）農民の就労先を作っていた。

「うむ。やはり新田は作らねばならぬ。これを朝廷の費用で開墾する。もちろんその間、報酬を与えてだ」

どれくらいの受け皿になるか分からないが新田の開発は進めねばならない。

結局、記録荘園券契所《きろくしょうえんけんけいしょ》という名をつけてそれを太政官《だじょうかん》に置いた。太政官と言えば中務省、刑部省や大蔵省を統括する行政の最高機関でありこの券契所に大きな権限を持たせた。もとより太政官は天皇の直下にある。貴族や国司レベルでは対抗できない大きな権限をこの券契所に持たせたのである。

またこれまでの荘園に対しても斟酌《しんしやく》しなかった。例えば東大寺などの大きな寺社に対しても経緯を示した書類の提出を求めた。

頼道は新帝がここまでやるとは思っていなかった。

これが摂関政治の終わりの始まりであったかもしれない。頼通は臍《ほぞ》を噛んだ。

匡房も新帝の実行力には驚いた。


「その後の様子はどうか」

一年ほど経ったとき帝は太政官を呼び出しその後の状況を訊いた。

「まだ分かりませぬが貴族や寺社の荘園は少し少なくなりました。まだ多くは審査中です」

「開墾した土地は増えたか。逃亡した農民は戻ってきているか」

「自墾地は増えつつあるように見えます」

もともと自墾地は自らの土地にすることができたが貴族に寄進して高い租税を逃れていた。それができぬとなると農民も諦めて開墾を進めるようになってきているようだとの報告があった。

「そこまでは予想していなかったが」

帝はたびたび券契所を訪れて下級の太政官からも話を訊いた。

その中で聞いた話がある。

「正義が通るようになっていくみたいだ」と感想を述べた国司が居たというのである。

権門勢から積極的に求めていたのではないにせよ規則の網目から租税逃れが横行していたが、それに歯止めがかかったようで農民の中にも歓迎する声があったというのである。

九

「権門勢を圧迫するのが狙いではない。これ以上の増加を抑えたい。既得権益を是正するのだ」帝は匡房に言う。

世の中の公平さが維持され明るさの兆しが見えてくるようだという一人の太政官の感想を聞いて帝はうれしく思った。しかし一方で失業者がまだそれほど減っていないという情報もある。

帝は「これからだ。急いではならぬ」と自らに言い聞かせた。

匡房は阿部兼平が全国を飛び回っているとも聞いた。開墾地の測量に駆り出されているのであろう。もう一度会いたいものだと思っていた。

今、世の中を変えつつあるのだ。その様子を話したいものだとも思った。

帝は新規の政策を次々と打ち出される。


一つは『絹布《けんぷ》の制』である。租庸調《そようちょう》の税のうち調はもともと絹を納めることであったがもちろん市場では絹の取引も多かった。絹の長さが不足したり細すぎたりと品質が悪いものがあった。

特に重さがまちまちであったものを統一したのである。粗悪品の一掃を図ったものであるがこれは市場の活性化につながっていく。

実施は難しかった。

品質基準が紙に書いてあるだけで見本が無い。現在では太さや強度などきめ細かく決められているがこの当時は短い糸を長く束ねて絹糸束として流通していたが短いものや変色したものが混入していた。

糸の長さが短いと杼《ひ》（シャトル）に入れて横糸とする場合、織機がうまく操れない。こういう粗悪品を締め出す効果があった。また量目不足を防止する目的もあった。

「どうしてこのようなことまでご存じでしたか」

匡房は尋ねた。これまでそのようなことは全く知らなかったはずである。匡房ですらそうであるから東宮時代であったとしても皇太弟が知る筈がない。前述の宣旨枡にしてもそうである。

帝は「うむ」と言ったきり答えなかった。

清涼殿の庭の梅の木にはすでに葉が茂っていたがしばらくの間それを見ておられた。


やがて口を開く。

そしてひとこと言われた。

「二十三年だ」

永らく東宮のままだったのだ。

匡房はその短い言葉の裏を想像した。

若い時ならともかく二十代の半ばも過ぎれば皇太弟を廃される恐れもあったのである。

それにもめげず研鑽を積まれた帝を見て畏敬の念を持つしかなかった。

自分は家族の支えがあったが帝は一体誰の支えがあったのか。

自分は一介の学儒である。しかもほぼ頂点に居る。だが世の中のことは何も知らない。

歌を作り紀伝を論じ古今のことを誰よりも熟知していると思っていた。むろんこれは必要だとは思う。思うが果たしてあれは実際の政に対して役に立っているのであろうか。対策試験などは無茶苦茶難しい。若い時からそれに全精力を注いできた。だから今がある。しかしあれが世の中の問題の解決にどれほど役に立ったであろうか。自分はいま何をなすべきか。

土地の測量に情熱を燃やしている阿部兼平の方がよほど世の中の役に立っている。匡房は自分が小さく見えた。

後三条帝の功績にはさらに『估価法《こかほう》』の制定がある。この頃はまだ貨幣経済が発達していなかった。市場における売買は物々交換が主であった。したがって米が貨幣の役割を果たしていた。この時までは物品と米または貨幣との交換比率は極めていい加減なものであった。

これを定めたのである。これに基づく価格を估価といった。

租税の物納や海外との貿易の価格の基準として用いるようにした。結果として物価の安定に寄与した。

要は不正・不公平を嫌う帝の考えから出たものである。

次々と改革を実行されたが在位は短かった。

荘園の整理事業が着実に進み、成果を挙げつつあったが延久四年十二月八日に帝は突如まだ二十歳であった東宮の貞仁《さだひと》親王（のちの白河天皇）に譲位された。同時にその弟である実仁《さねひと》親王を皇太弟とした。

また匡房は新帝の蔵人にも任命された。新しく東宮となった実仁親王の東宮学士を兼ねる。

蔵人であった匡房は譲位の二日前に告げられた。すべては事前に摂関家に干渉されない間に決めたのである。

「まだ即位されてから四年しかたっておりませぬ。改革も進みつつありまする」

匡房は思い止まるよう進言した。

「基盤はできた。これからは背後から支えていく」

匡房は後三条が院政を始めるためだと推測した。

宣旨枡（量衡《ますはかり》の制とも呼ばれた）などは崩御される半年前に定められた。

長年の考えがあったのであろう。

十

後三条帝は明くる延久五年五月七日わずか四十歳にて崩御された。この短い治世に成し遂げたことは大きい。

もちろんは匡房の落胆は大きかった。

匡房は後に「この治世に廃《すた》れたる皇威を復し、俗は淳素にかえり人は礼儀を知る」と記した。

和漢に通じた学識があり、剛毅な性格に加えて常に公平さを目指すその姿勢は匡房にとって大いなる目標であった。

匡房の衝撃は大きかった。亡き帝をしのび

『ふじごろも　ぬぎもやすると惜しけれとしのかへらんこともほになく』と詠んだ。

後三条帝は東宮貞仁に譲位するときに弟の実仁《さねひと》親王を皇太弟にするよう遺言していた。実仁《さねひと》親王まだ二歳であった。匡房は新帝白河天皇（貞仁親王）の蔵人に任ぜられるとともにこの実仁の学士も受け持った。さらに美作守《みまさかのかみ》も兼任した。

「あの頃である。宇治の藤原頼道殿が亡くなられた。永らく関白を務めた摂関家も力を無くしていたよ」と匡房は息子の隆兼《たかかね》や匡時《まさとき》に話したことがある。

頼通の跡を継いだ教通《のりみち》関白がいたがもはや昔日の力はなかった。

悲しいことが続いた。

美作守になって間もなく匡房は夫人を亡くしている。匡房が三十七歳の時である。後三条帝に仕えてからはほとんどの時間を内裏で過ごした。その間家庭を支えてくれたのはこの夫人であった。深く憂いて阿弥陀像一体と数多くの経文を寺に納めた。

しばらく経っていたが皇太弟実仁は疱瘡になり若干十五歳で亡くなった。

実仁親王には子が無く、白河帝は止むを得ず実子の善仁《たるひと》を皇太子にした。先帝の遺言には従えなかったのである。同時に譲位し善仁が即位し堀河天皇になった。白河帝は上皇となり院政を開始したのである。

この治世が三十二年に及び長かった。

白河帝がまだ天皇の時、大いに和歌に関心を持たれた。内大臣の館で歌合せがあった時に「遥かに山の桜を望む」という題を課されたことがあった。このとき匡房は歌を詠む。

『高砂の尾の上の桜咲きにけり　とやまの霞たたずもあらなむ』

のちに小倉百人一首に取り上げられた。漢詩だけでなく和歌にも長じていた。

さてその堀河天皇も二十八歳と若くして亡くなっている。ただ内親王三名を含め子女は六人と多かった。長男の宗仁《むねひと》親王が即位して鳥羽《とば》天皇となった。

匡房は後冷泉、後三条、白河、堀河及び鳥羽天皇の五帝に仕えたのである。

後冷泉帝の頃には河内源氏の棟梁である源義家に軍略を授けたこともあった。

前九年の役が朝廷側の勝利に終わり義家は父・頼義からその地位を譲り受けて陸奥守に任じられている。強弓で知られ洛中で大いなる名声を得て八幡太郎とも呼ばれていた。

匡房はあるとき「惜しいかな。惜しむらくは兵法を知らず」と言ったのを義家の家人が聞き注進に及んだ。

これを聞いた義家は怒らず「それなら兵法を学ぼう」と言って匡房に師事したという逸話もある。

匡房は中国の歴史に詳しい。孫子の兵法を伝えたという。

後三条帝の直後にに発生した後三年の役は奥州清原氏の内紛に義家が加担したものだったが、劣勢だった義家が戦場で雁の群れが乱れて飛ぶのを見て敵の存在を知り打ち破ったという話がある。

夷《い》を平らげたことから征夷大将軍の名の始まりとなった。そういうこともあった。

後三条帝の時に美作守になってから備中守《びっちゅうのかみ》、備前権守《びぜんごんのかみ》、周防権守《すおうごんのかみ》、越前権守《えちぜんごんのかみ》をはじめ権中納言《ごんちゅうなごん》、太宰権帥《だざいごんのそち》、大蔵卿を歴任し参議にまでなった。

鳥羽天皇の御代には内裏にはほとんど出仕せず自らの館で執務した。リモートワークの先駆けである。

その間頼まれて多くの願文《がんもん》を書いている。

華々しい経歴の匡房も鳥羽天皇の御代《みよ》の天永二年（一一一一年）十一月五日ついに息を引き取った。七十一歳であった。

その子・匡時を経て曽孫が鎌倉幕府の創設に貢献した大江広元である。

彼もまた明経得業生でありその後は明法博士にまでなっている。

存命であった白河法王、鳥羽天皇は匡房の死を深く悲しんだ。

しかし匡房自身は大江家の興隆を成し遂げ思い残すことはなかった。

後三条帝の時に燃焼しきっていたようにさえ感じる。

匡房は冥界を目指して進む。雲の中にいるようだ。多くの人が通りすぎていくように見える。

匡房はまず後三条帝に再会したいと思った。

即位されてからでも仕えたのはたった四年ほどしかなかったが毎日のあの高揚した気分をもう一度味わいたかった。

改革への強い想いに次第に引き込まれ息を詰めるようなあの気分が懐かしい。


あの時以来、政治は変わった。源氏の時代になりさらに北条の時代に変わりつつある。摂関政治は黄昏《たそがれ》の時を迎え院政の時代となる。同時に貴族社会から武家社会になった。

あの流れの中にいるときは気が付かなかったがいま振り返ってみると我々が時代を作ったのだ。匡房は大きな力を手にしていたが後三条帝以後は付け足しの人生だった。

高い地位につき官位も得ていたが惰性で動いていただけのように思える。

帝と思い出話がしたい。話したいことは山ほどある。ここでは時間を気にすることはない。

匡房は久しぶりに胸の高まりを覚えた。

完

淡雪《あわゆき》

神田川《かんだがわ》を渡って北に進むと明神下《みょうじんした》に出る。その坂を登れば神田明神に至る。この境内の一角に荷田東満《かだあずままろ》が主宰する塾がある。

荷田は以前、京の伏見にいたが江戸に出て契沖《けいちゅう》の【万葉代匠記《まんようだいしょうき》】を読みこれをさらに発展させて国学《こくがく》に仕立て上げた男である。

万葉集とはよく知られているように現存する最古の和歌集で作者も天皇から庶民までと幅広い。その多くは清新・素朴かつ雄大で力強い歌が多い。

契沖というのはもともと僧侶で父が浪人していたため幼い頃から苦労する。高野山で修行して阿闍梨《あじゃり》の位まで得ている。

その後摂津《せっつ》の国高津村《こうずむら》の寺の住持となり万葉集の研究を始める。

特に正しい仮名使いを目指しこれまでに矛盾のあった解釈（主なものに藤原定家の解釈がある）に改善を加えた。それらをまとめたのが著書の万葉代匠記である。

これはもともと水戸徳川家の依頼を受けて作成されたものでかなりの枚数の大著であ

る。

その内容は純粋に漢字のみで書かれた万葉集の解釈や文字の研究であったが荷田はこれに国家意識を加えて国学の基礎を作った。

後の弟子に加茂馬淵《かものまぶち》がいる。

門人も増えてきたがその中に杉浦国頭《すぎうらくにあきら》がいた。その彼に学ぶひとりの侍がいる。名は平田虎之助《ひらたとらのすけ》と言い彼もまた和歌に興味を持つひとりであった。

この荷田の塾ではどういうことをやるかと言うと例えば簡単な例では、

万葉集第八百三

しろがねもくがねもたまもなにせむに

『銀母金母玉母奈尓世武尓

まされるたからこにしかめやも

麻佐礼留多可良古尓斬迦米夜母』

という山上憶良《やまのうえのおくら》の歌がある。左側が原文で右側の平仮名は読み方である。これは藤原定家《ふじわらていか》などの解釈による。

ここでひらがなの原型となる漢字の読み方の是非を調べるのである。

この歌は比較的単純で複数の解釈があるわけではない。

この歌の中で『母』はまず間違いなく『も』と読むし『尓』も『に』と読むことは疑いのないところだがこれとは別に山部赤人《やまべのあかひと》の歌で、

たごのうらゆうちいでてみればましろにぞ
ふじのたかねにゆきはふりける
『田児之浦従打出而見者真白衣
不盡能高嶺尓雪波零家留』

というのがある。

ここでは『従』を『ゆ』と読むように解釈している。これが果たして正しいのかどうかを研究するのである。さらに『而』を『て』さらに『者』を『れば』さらには『波零』を『はふり』と読むようにしている。

しかも同じ『の』と発音するにしても『之』と『能』とをあてている。特に最後の『雪波零家留』は少し苦しい解釈であるが逆にこれ以外に読み方が見つからなかったのであろう。

もっとある。

持統《じとう》天皇の御製で、

万葉集第二十八
はるすぎてなつきにけらししろたえの
ころもほしたりあまのかぐやま
『春過而夏来良之白妙能
衣乾有天之香久山』

がある。

ここでは『なつきにけらし』と読むところで解釈に苦しんだ跡が見える。『なつきたるらし』とする読み方もある。

このように平安時代の中頃までに読み方が随分検討された。この万葉仮名の読み方は多くの文人が苦労して読み下したものである。

もし読み方が異なれば意味も違ってくる。

したがって読み方が違えば和歌の価値まで変わる。このために妥当な読み方を知らねばならない。古事記あるいは続日本紀など複数の文献からも併せて読み方を追求するのである。

前出の『母』は表意文字では『はは』であり名詞であるが『も』と読めば助詞になる。すなわち平仮名という表音文字が無かった時は表意文字で代用していたのである。この代用の仕方が正しいのかどうかを研究する学門といってよい。


考えてみれば日本語は基本的には漢字という表意文字を用いているがそれに平仮名やカタカナなどの表音文字を交えて独自の発展をしてきた。世界でも稀な言語体系を形づくってきたともいえる。

それはそれで素晴らしいのだがこの考えが昂じて徐々に日本独自の文化や神道を追求していくようになりやがては国粋主義に変化していく。和魂漢才と言われる所以《ゆえん》である。

さらに現代ではそれに加えて英語も混じり発展というか混乱というかそれに近くなってきている。

荷田の塾ではこのように多くの文献から合理的な読み方を追究しているのである。もっともこれは国学の入口に過ぎない。荷田の狙いはもっと先にあった。すなわち日本固有の文化とは何かと見極めることにあったのである。

さて平田はまず万葉仮名の読み方から国学の基礎を学んだ。

彼の実家は近江国・彦根藩の彦根城の近くにあり母・小夜《さよ》が住んでいる。しかし彼は志願して江戸に出てきた。江戸の街を見たかったのである。

住まいは桜田門の近くの井伊家江戸上屋敷である。この広大な屋敷の南隅の侍所《さむらいどころ》に住んでいる。

このときの藩主はまだ御年十八歳の井伊直定《いいなおさだ》であった。

平田は三十石取りで下級藩士に過ぎなかったがそれでも藩主のお国入りの時は随行した。それが仕事だった。

普段は屋敷内の道場で汗を流しそれが済めば日本の歴史や和歌の勉強をした。荷田の塾に通い杉浦から教えを受けた。

もともと平田は三年もすればお役御免を願い国元に帰るつもりであった。下女と二人暮らしの母親のこともあるが故郷のゆったりとした景色が忘れられなかったのである。

今日も平田は風呂敷包みに杉浦から預かった本を包み神田に向かう。最近、荷田は著作の校正に忙しく教えはほとんどが弟子の杉浦からであった。まとめられた荷田の著作は【創学校啓《そうがくこうけい》】と名付けられ後に江戸町奉行大岡忠相《おおおかただすけ》を通じて時の八代将軍吉宗《よしむね》に献じられる。

吉宗はその重要性を感じこの学問の奨励を推進する。


時は享保《きようほう》五年（一七二〇年）四月であった。

彦根藩の屋敷を出て桜田門《さくらだもん》の前を通る。大手門を過ぎて神田川にかかる昌平橋《しようへいばし》を渡れば神田明神はすぐだ。

朝、屋敷を出るときは晴れていたのに少し雲行きが怪しくなってきた。

しまった。傘は持ってこなかった。ぽつぽつと降ってきた。平田は風呂敷包みを大事そうに懐に入れた。

どこか雨宿りするところはないかとあたりを見回した。

すると
「お武家様！」

声の方を振り返ると若い娘が傘をさして立っている。

「よろしければお使いください」

もう一人の若い男が傘を差し出す。

見たところどこかの商家の娘と付き添いの男と見られる。


江戸では初期は上方からの傘が多かった。ようやく吉宗の時代から江戸でも作られ始めた。それでも普通の番傘で銀二匁から三匁もする高価な物である。現在の価格で五千円から七千円もする。

もっと高級な蛇の目傘なら倍はする。


「いやもう少し先に行けば茶店がありますから」と言った。

そう言っているうちに雨は強くなってくる。

「ご遠慮なく」

付き添いの男は言う。

そう頑固に拒むことでもないだろうと思い平田は好意を受けることにした。

「かたじけない」

娘は付き添いの男の傘に入る。

「いずこに行かれるのかな？」

「はい。神田明神さんです」

その手前の湯島の聖堂は昨年の火事で焼け一部は再建されたものの多くはそのままになっている。それも見るという。

娘の言うことに付き添いの男は本当に行くつもりかと怪訝《けげん》な顔をして娘を見ている。

「私もその境内《けいだい》に行くので一緒に参りましょう」

まだその頃は荷田の塾は神田明神の境内の一角にあった。神社の社務所の一部を借りていたのである。東側にある明神の急なかつ長い階段を登る。町娘と一緒に歩くなんて初めてである。

平田には今日の階段がいつもより短く感じられた。


「ここで結構ですのでお返しします」

明神の境内に着くとそう言った。

「いえ、お帰りもありますからどうぞお持ちください。店の傘ですからどうぞご遠慮なく」と娘は言う。

見るとなるほど『太物《ふともの》　和泉屋《いずみや》　深川《ふかがわ》』と書いてある。

太物とは絹などの細い繊維に対して木綿などの太い繊維を示す言葉で庶民特に労働者が着る着物を言う。

この頃に誰が始めたのか知らないが店を訪れた馴染みの客に無料で傘を貸し出すことを考えた者がいた。傘は高価なものではあったが客が持って歩けば動く宣伝媒体となる。いつの世も知恵の働く奴はいる。

「いつでもかまいませんのでまたお持ちください」

平田はあらためて娘を見た。ぽっちゃりとしているが色白で丸顔の可愛い感じである。年は十五、六であろうか。

「いや拙者はこの店を知らぬので返しようがない」

「本所深川《ほんじよふかがわ》の永代橋《えいたいばし》を渡って北にある今川町《いまがわちよう》にあります」と言う。

「うーん。拙者は行ったことがないので分からない。……そうだ拙者は週に三日程この神社にくる。その時に持ってくるようにしよう」

「いつも曜日は決まっているのですか？」娘は顔を赤らめながら言う。

「必ずしも決まってはいないが大体、月、木、金曜日に来る。その時に持ってくるようにします」

「そうすると次は月曜日ですね」

「はい。多分そうなると思います」

平田はたぶんその時に娘が来るだろうと思った。

ありがとうございましたと言って別れたが平田はワクワクしていた。

思わずにやにやして部屋に入ると、杉浦が「何かあったのか？」と訊く。

「はあ。いや。あの別に」と訳の分からない返事をする。

講義の後本日の読み下しがある。

平田はこの日一日ウキウキしていた。

塾からの帰りも弱い雨だった。娘と会った道にさしかかると朝のことを思い出し立ち止まった。可愛い娘だった。

これまで若い娘と話なんかしたことがなかった。藩邸に戻れば腰元《こしもと》や女中連中はいたが話をしたことがない。町娘と話すなんて初めてだ。

これまで藩邸に置いてもらっていたので食事の用意もしなくてよかったがまもなく下町のどこかで家を借りて住む予定である。

必ずしもそうしなければならないということはなかったが多くの藩士はそうしていた。

藩邸では気をつかうことが多かったからであろう。

したがって今までは外に出るというのは祭りか縁日に出かけるくらいであった。

一人暮らしをすれば町に出かけることもあるだろう。居酒屋や蕎麦《そば》屋に出かけることもあるかもしれない。

町娘と話す機会もできる。

しかし今までそんなことはなかった。初めての経験だ。

本所深川まで行ってみたい気もする。店の名前は傘に書いてある。

行けば分かるかもしれない。いや今度の月曜日まで待つべきか。

おっと名前を聞いていなかった。こちらも名乗るのを忘れていた。

なんということだ。こちらも迂闊《うかつ》だったが相手も忘れていたようだ。

いや遠慮して聞かなかっただけか。

こちらは二本差しである。そういうことも考えられる。

平田は思い切って土曜日に深川に行くことにした。

藩邸から神田明神へ向かうのも深川に行くのも距離としてはあまり変わらない。しかしこれまで行ったことがなかったので遠いように感じた。数寄屋橋御門《すきやばしごもん》を過ぎれば永代橋まではすぐに分かった。

橋を渡ると深川である。さらに北に向かい小さな橋を二つ越えると今川町だった。この辺は諸国から集めた丸太が海に浮かんでいる。製材した時に反りが出るのを防ぐため水中貯木をしている。その水路に沿って和泉屋があった。

結構大きい店である。横幅は六間ほどもありしかも二階建である。二階は多分奉公人が住んでいるのかもしれない。

店には客も奉公人もいる。扱っている品のこともあり客はほとんどが町民とくに職人である。武士はいない。

平田は少し躊躇《ちゅうちょ》した。それでも思い切って言った。

「ごめん」

若い男が出てきた。

「あっ、この前のお武家様」

平田は覚えていなかったが相手は覚えていた。

言われて平田も思い出した。しかしまあそうだったかなという程度である。

「まぁわざわざお持ちいただいたのですか。ありがとうございます」

「この前はありがとうござった。助かりました」

「いえとんでもありません。少々お待ちください」

その男は慌ててすぐに店の奥に入っていった。多分あの娘を呼びに行っているのだろう。

ほどなくあの娘が出てきた。

「まぁ」と言ったきりうれしそうな顔を見せる。

「来ていただけるなんて」やっと次の言葉が出た。

「いや長くお借りしているのが申し訳なくて……」

わずか二日も経っていないがそういった。

「そんな……」

そんなことはありませんと言いたかったのだろう。

平田も嬉しかった。こちらも伏目がちにそれでもちらちらと娘を眺めていた。

「あのう奥に上がっていただいたらどうでしょう?」と男が言う。

「いやそれは」

「どうぞ」ようやく娘は落ち着きを取り戻した。

三和土《たたき》を通りすぐ奥の部屋に入った。

下女が茶を持ってくる。完全に客扱いである。

「お構いなく」

こちらは借りていた傘を返しにきただけである。だが悪い気はしなかった。平田はようやく言うべきことを思い出した。

「この前は助かりました。大事な本を持っていたので」

濡れなくて良かったと言いたかったが平田も口に出すのはそれだけだった。

ああそうだ。

「拙者は江州《ごうしゅう》彦根藩の平田虎之助《ひらたとらのすけ》と申します。剣は新陰流を少々やっておりまする。いや国学を習っています。いま杉浦先生に教えを受けています」

剣術の話しなどどうでもよいのに喋った。また国学やいきなり杉浦の名前を出しても分かる筈がないのに浮かれたようにべらべらとしゃべった。

「平田様……ですか」娘は噛みしめるように言った。二人はお互いに上目遣いで見ている。

平田はそなたはと言いたかったがすぐに口に出せない。

「あのう……」

「……はい」

「そこもとのお名前は？」ようやく言えた。

「あやと申します。文と書きます」

平田は口の中で〝あや〟と口ずさんだ。うん、いい名だ。

「神田明神にはよく行かれるのですかな？」

「はい。書を習っておりまして。……あぁ三味線も少しはやっております」

「はてあの近くにそのような先生が居られましたかな」平田はそれを習いにあそこまで行っていると思った。

「はい。いえあの上達するように願掛《がんか》けに行きます」

「なるほどそういうことですか」ようやく話しがかみ合った。

「拙者はあの境内にある国学の塾に通っています。お城の桜田門の近くの彦根藩の屋敷からです」

このあたりでお城と言えば江戸城である。周りには大名屋敷が並んでいる。文は大手門の向こうには行ったことがないので随分遠くに思えた。

「その勉強というのは随分と難しいのでしょうね」

「うーん。やさしくはありません。国学というのは近頃言い出された言葉で要するに万葉集の和歌を研究する学問です。万葉集というのは昔の和歌です」

「知っています。けど難しくて……」

「そうですね。初めの頃は今のように平仮名文字は無くて全部漢字ばかりだったのです。

それを行書体にし、さらに草書体に変えてひらがなやカタカナが作られました。その元の漢字ばかりの歌を読み下すのですがまだ拙者には難しくて」と文《あや》には話ししても分かりにくいことを説明した。

「どうしてそんなことをするのですか？」

予期していなかった質問に平田は答えに窮《きゆう》した。言われて見ればその通りである。今は平仮名で書かれた万葉集があるのにわざわざ読みにくい方を読むなどたしかにおかしい。

「ええ。……まあいろいろとありまして」

と言いながら答えを探した。

「昔の和歌に使われていた漢字が正しい使い方であったかどうかとかまた読み方が正しいのかどうかを検証するのです」

もう一度どうしてと訊かれたら多分答えられなかっただろう。まだそこまで突き詰めて考えていなかったからである。

もちろん文《あや》もそこまで考えていない。ただ普通に疑問に思っただけだ。なるほど普通の人はそう感じるだろう。

万葉集の正しい解釈を通じて古き日本の姿を追及するのが目的だが平田はそこまで考えていなかった。とまあこのような二人にとってはどうでもよい話を続けた。

ややあって平田は、

「今日はお借りしていた傘を返しに来ただけですのでこれにて失礼いたします」と言った。

文には引き留めるような手練手管《てれんてくだ》を使うことなどできない。それができるほど世間にいや男には慣れていない。

平田は引き留めてほしい気持ちを持ちながら席を立った。

草履を履くと後ろを振り向いて文の顔をしっかりと見た。

「文殿。またお会いできるかもしれませぬな」と一礼して店を出た。

平田は永代橋までをゆっくりと歩いた。といって周りを見ていたわけではない。

一歩一歩大事そうに力を込めて歩いた。瞳の奥には文の顔がしっかりと残っていた。

水路に浮かぶ丸太の上に白い鳥が止まっている。それを追ってもう一羽が近寄る。一羽が逃げる。二羽の鳥がもつれあって飛んでいる。

逃げずに遊べば良いのにと思った。

帰るとき文は名残惜しそうにしていた。そのように見えた。

平田は屋敷に帰っても浮き浮きしていた。なんだろうこれはとも思った。

文は文で飛び跳ねたい気持ちだった。店に若い男はいたが奉公人だという気持ちでしか見ていない。そこに学問をする若い武士が現れた。もちろん身分は違うが普段言葉を交わすこともない人間が現れた。

しかもわざわざ訪ねてきてくれた。何歳ぐらいであろうか。聞けば良かった。

文は十五になっていた。恋に目覚める頃である。

こののち二人は明神下の茶店で時々会うようになる。これまでも文はうっすらと化粧をしていたが念入りにするようになる。

しばらくして二人は当然のように恋仲となった。文は日とともにきれいになる。

二人は会う機会が増えていく。

いつか湯島の聖堂の傍の茶屋でしばらく休んだ時に店の者が「奥でゆっくりされたら」と薦める。

しかしそこは出会い茶屋であった。

平田は知らなかったが文は知っていた。

部屋に入ると赤いきれいな布団に枕が二つ並べられている。

行燈《あんどん》はあるが蝋燭《ろうそく》は灯《とも》っていない。下の方に明り取り用の小さな障子窓がある。

部屋は薄暗く壁の色は桃色がかった黄色である。

二人はしばらく立っていたがやがて文は帯に手をかけほどき始めた。平田はそれをじっと見ていた。恋する女は段々と大胆になってくる。文の方から迫ってきた。

お互いが好きあっていれば当然なるようになる。

しかし文の白い身体を見たとき平田はそこで気が萎《な》えてしまったのである。

なぜかここで塾のことを思い出してしまった。

そうだ今日の昼から次の課題について塾頭を交えて話しをするのだった。

今からならまだ間に合う。

「すまん」とだけ言って茶店を飛び出した。

小走りで塾まで行ったがその後のことは何も覚えていない。

平田は何か悪いことをしたように思った。

文に恥をかかせたようにも思った。

自分も文を好きだったのだ。

なぜ茶店の者に「奥へ」と言われたときに断らなかったのか。そうすれば文も思い止《とど》まった筈だ。

あの後文はどうやって帰っただろうか。

最近は付き添いの男もついてこなくなっている。

文が一人で行くとかついてこなくてよいと言っていたのだろうか。あるいは黙って店を抜け出したのか。

折角一人で出かけられたのにその大事な機会を潰してしまった。

「おい平田。何を考えておる」塾頭の声が聞こえる。


しばらく二人は会えなかった。

文は出てこなくなったのである。

十日ほどその状態が続いた。平田にとってその時間は長く長く感じられた。だんだんと息苦しくなってきた。

その想いを断ち切るために剣道で汗を流した。大きな気合とともに木刀を振った。

しかしすぐに文のことが頭に浮かんだ。

文《あや》は文で悩んでいた。
きっと嫌われたに違いない。自分ははしたない女と思われたのではないか。
違う。自分は平田に夢中だったのだ。彼に抱きしめられたい。それだけだった。
夫婦になるというようなことまでは考えていなかった。
ただ一緒にいるだけで嬉しかっただけだ。

あの部屋に案内されたときにふらふらとついて行ってしまったことを後悔していた。
きっと平田様は私を軽蔑しているのではないか。もう会ってもらえないだろう。
しかしあのときに平田様は「すまん」と言った。
あれはどういうことだろう？　あの方が謝ることなどあったのだろうか。
お武家様は出会い茶屋に行くことは禁止されているのだろうか。
いやいやっぱり町娘とは付き合えないということか。
二人はそれぞれで悩み悶々《もんもん》とした。

平田はほぼ毎日明神下に出かけた。

恥ずかしくて店にまで行けなかったのである。

そしてそこの普通の茶屋で為すこともなく長い時間を過ごすことが多くなった。

それでも気は晴れず文への思いは募るばかりでどこに居ても落ちつくところはなかった。


まもなく殿がお国入りすることになった。

平田はついていくのが仕事である。しかも今回は戻った後そのまま彦根に住むことになる。次に江戸に出てくるのはいつになるか分からない。国学の勉強も中途半端になってしまった。

それよりも何よりも文とはこれきりになるかもしれない。


寝つけなかった平田は藩邸の侍所の廊下に出て夜空を見上げた。

知らないうちに涙が頬を伝わった。

こんなことは初めてだ。しかし平田はそれを拭《ぬぐ》おうともしなかった。何か自分の後悔の念を洗い流してくれているような気がした。

この涙が届いてほしいとさえ思った。

この温もりが届いてほしい。

ふと落ちては融ける春の雪を思い浮かべた。

明日は江戸を発つという時、平田は文に手紙を書いた。

手紙なら言える。今までの思いを書いた。

『そなたが好きだったのだ。そなたへの思いは大切にしておく。しばらくは彦根に居なければならないが悪く思わないでくれ』

これだけは言わなければならない。その思いで書いた。

店に届けるなど藩邸の中間《ちゅうげん》には恥ずかしくて頼めない。江戸で初めて飛脚を頼んだ。

朝になっても落ち着かなかった。何度も身支度を確認したが頭は別のことを考えていた。

藩邸を出て中山道《なかせんどう》に向かうまで平田は何度も何度も周りを見回した。

「文」平田は思わず呟いた。

完

光太夫

一

「それから？」老中の松平信明が訊く。

「船は横風を受けて大きく傾いていきます。胴の間にも海水が流れ込んできます。ほうっておくと積み荷の米も木綿も水を吸って重くなっていきます。こんなひどい嵐は経験したことがありませんでした」

「帆は下ろさぬのか」老中首座の松平定信が訊ねる。外には老中の本多《ほんだ》忠籌《ただかず》と戸田《とだ》氏敦《うじのり》がいる。

「もちろんそうするのですが下ろせませんでした。帆柱の上に滑車があり下から綱で上下させるのですが横風もあって綱が食い込み上手くおろせません。帆は風をはらんで大きな力がかかっておりとても無理でした」光太夫《こうだゆう》は身振りも交えて説明した。

ここは江戸城の吹上御所である。御簾のうちからは第十一代将軍徳川家斉《いえなり》も見ている。いやそもそもこの日の会見は家斉が言いだしたことである。

ロシアの国から十年ぶりに帰国した伊勢白子浦《しろこうら》の船頭大黒屋光太夫に会いたいと家斉から言い出した。

伊勢から出帆した光太夫らが駿河沖で嵐に遭って漂流しアレウチカ（アリュウシャン）の小島についたところから話は始まる。


アムチトカ島といい千島列島よりさらに東の方である。現在はアメリカ領となっているが当時はロシアの領土であった。大きな山もなく木もない。背の低い灌木と雑草だけの島である。勿論金属を作る技術もない。生活に必要なものはほとんどでロシア製のもので冬は地下に掘った住居で酷寒に耐える。

しかし漂流民はここで彼らに助けられた。四年を過した後シベリアの地に渡る。

十七名居た舟子も多くは彼の地で亡くなり結局内三名が苦節十年を経て帰国できた。


幕閣はロシアの実情を知りたがった。断片的には長崎のオランダ人から聴いているがそれだけでは不十分である。

その情報も殆んどがヨーロッパにある首都のペテルブルグに関するものでシベリアや中央アジアの話ではない。

イギリスやフランスは領土的野心を持って日本に近づきつつある。

十年ほど前にはロシアもカムチャッカを占領している。さらに南下してくるかもしれない。

幕府は神経をとがらせていた。したがってロシアの詳しい情報を知りたがっていたのである。

鎖国政策はとっているものの情報は欲しい。

光太夫は十年もロシアにいたのだ。貴重な情報源だ。

国力、武力だけではなく民衆の生活やすべてに亘って生の情報を知りたい。


光太夫は二週間前の出帆のことをついこの前のように思い出す。


「ようやく帰れますね」

アダムは光太夫に笑みを投げかけた。

「貴方の御父上のおかげです。本当に有難うございます」一緒にいた磯吉と小市も深々と頭を下げた。

ここはアジアの北オホーツクの港である。

これから海を越えて蝦夷地を目指す。

故郷の伊勢白子浦を出て十年ぶりである。やっと日本に帰ることができる。

白子を出てまもなく駿河沖で嵐に遭い半年もかかってアムチトカという島に流れ着いた。

その後カムサスカを経てシベリアの酷寒の地ヤクーツクに辿り着きさらにはバイカル湖の西のイルクーツクに滞在する。中央アジアにある大きな町だった。

「キリルさんに会えたのが幸運でしたね」磯吉は感慨深げに言う。

「そうだな」光太夫は答える。

気候風土の違う見知らぬところで親切にしてもらった。彼は日本語を流暢に操る。まさかこんな所で日本語を話す人に会うとは思わなかった。

彼は日本の漂流民の帰国への強い希望を聞き入れ何度も皇帝に手紙を書いてくれた。

「あの時は私もほとんど諦めていたんだよ。だけどキリルさんは我々を励ましてくれた」

光太夫はその時のことを思い出す。

仲間もキリスト教に改宗したり病気で死んだりで少しずつ減り始め十七名いた仲間もいまや三名になってしまった。


キリルは名前をキリル・ラクスマンと言いロシアのサンクトペテルブルグ科学アカデミーに所属する学者であった。だが出身はフィンランドである。

彼は皇帝の命令で金鉱の探査や植物の研究のためイルクーツクへ来ていた。

今目の前にいるアダム・ラクスマンはその息子である。ただし彼は学者ではない。シベリア総督に仕える軍人である。

父親のキリルは自費で日本人の面倒を見るばかりか都のあるペテルブルグまで引率する。

何度も諦めそうになった光太夫らを励まし続け都まで連れてきた。

ここで日本人は女帝エカチェリーナに謁見する。

「あんなことがあるんですね」磯吉は今でも信じられないという表情でつぶやいた。

天下様が外国の漂流民に会うなど日本では考えられない。

女帝は光太夫らの話に同情し金銭を与えるばかりか日本に向かう船まで用意させた。日本との交易交渉を円滑に進めるためでもあった。

オホーツクの港で皇帝からの土産と共に皇帝やシベリア総督の親書を携えて一行は海に出る。

嵐にも遭わず順調に船は進み無事蝦夷地の根室《ねむろ》に着いた。

ここにいた松前藩の役人は驚き江戸表に報告するとともにその後の対応について指示を仰いだ。

光太夫らはロシア風の衣装をまといながらも滑らかに日本語を話す。

これで日本人だと言われても俄かに信じがたい。

一行は上陸を許されたものの浜辺の一軒家で軟禁状態になる。

光太夫は常につけていた日記を示して説明したがなかなか信用してもらえなかった。

「常に離さず持っていた羽織袴を渡してしまったことを後悔したよ」

ロシアを離れるときにキリル・ラクスマンへのせめてものお礼として彼の娘さんにあげてしまった。今はロシア風の服装である。日本語を話したが役人は信用しない。

間もなく伊勢への問合せで疑いは晴れた。

しかしキリスト教への改宗の有無は徹底して調べられた。未だに徳川幕府は病的なまでにキリスト教を嫌う。

自白か踏み絵をさせて調べるしかないのだが役人はこの時調べられる人間の手足の動きや目の動きを見ているのだそうだ。

ふた月ほど経って役人はそこでは話ができないので松前《まつまえ》まで来いと言う。

陸路では大変なので釧路《くしろ》、襟裳《えりも》、室蘭《むろらん》と大まわりをして松前につく。

ここで幕府は漂流民は受け取るが通商は長崎だとしてラクスマンを追い返すことになった。

アダム・ラクスマンは航海の途中で光太夫より江戸幕府の鎖国政策は聞いていていた。

「だめですかね」悔しそうな表情でラクスマンは言う。

「おそらくそうだと思います。今の将軍様はどなたかは存じませんが通商を許すとしてもかなりの時間がかかるでしょう」

徳川幕府も開府当初は海外貿易をしていた。またそれによる利益も大きかった。

不幸なことに島原の乱をきっかけにキリシタンの弾圧が始まりその再起を防ぐために鎖

国政策がとられた。もともと島原には有馬晴信が、また天草には小西行長というキリシタン大名がいたのでたしかに信者が多くいた。だがその後の大名が弾圧するとともに苛酷な税を取り立てたので実際には百姓一揆の様相もあった。

幕府はこの事件を理由にキリシタンの弾圧に踏み切りその後もこれを国是とした。光太夫はロシアに居た経験から過度に宗教に縛られるのも良くないとは思っている。ペテルブルグやモスクワではその傾向があった。中央アジアでは回教だったがやはりそれに近かった。

それはともかく幕府は皇帝やシベリア総督からの親書を受け取らなかった。代わりに長崎への入港許可証である信牌《しんぱい》を交付するだけであった。

ロシアで受けた厚情を考えると光太夫は申し訳ない気持ちでいっぱいだった。

しかし一平民ができることは何もない。

ここでさらにひと月を過したがこれ以上は待てない。オホーツクの港が凍るまでに戻らねばならず、アダム・ラクスマンはおとなしく帰っていった。

この後光太夫らは江戸に向かったがその前に小市は根室で亡くなった。荷物賄方で五十六歳になっていた。とうとう伊勢若松村には戻れなかった。

あと一歩だったのに哀れだった。


老中連に呼ばれたのはその後である。

この時は既に一通りの取り調べは済んでいた。


「さきほどの嵐の時だが帆を下せないときにはどうするのか」と松平定信が訊く。

「はい。仕方がありません。斧で帆柱を斬り倒すのです。帆は風を受けていますから大きな音と共に折れていきます」

「それでは航海できないではないか」

「転覆するよりはましです」

「それから？」

「積荷を刎《は》ねていきます。米も木綿もです。その後は皆で髪を切り神棚に祈ります」

「最後はそれか。……積み荷は全部捨てるのか？」

「いえ少しは残します」

「さきほど半年近く漂流したと言ったが食べるものはそれで足りたのか？」

「少しは残していましたのでなんとかなりましたが飲み水は大変でした。樽に入れていたのですがすぐに無くなりました。はじめは艀《はしけ》の底に溜まった水まで布で濾《こ》して飲みました。後は雨水を集めるだけです」

「そんなに都合よく雨が降るのか？」

「雨の時に必死で集めました」

帆の一部を切り取って四隅を垣立《かきたて》に結び拡げる。その真ん中に穴をあけて下に桶を置く。

これで結構集められた。

「帆柱を倒した後はどうなるのだ」

「舵も折れてしまいましたので潮の流れに乗るしかありませんでした」

「方角は分かっていたのか」

「羅針盤はありましたので分かりましたが進んだ距離が分からないのでどのあたりに居るか皆目見当がつきませんでした」

この後も延々と質問が続くが家斉は、

「ロシアで日本人の名前を聞いたことがあるか」という質問をした。

「中川淳庵《なかがわじゅんあん》様と桂川甫周《かつらがわほしゅう》様の名前は聞いたことがあります」光太夫は答えた。

家斉は満足げに「そうか」と笑みを浮かべた。二人とも蘭方医である。

このときこのやり取りを記録していたのは桂川甫周であった。彼は江戸城の奥医師であったが外科に通じた蘭方医で蘭語に詳しかった。またその方面での最高位である法眼《ほうげん》にもなっていた。

この時の状況は後に『漂民御覧記』として刊行されている。またやり取りの多くは『北《ほく》槎聞略《さぶんりやく》』としても纏められている。

『北槎聞略』には漂流から北の島での生活も述べられているがその中でヤクーツクやイルクーツクでの生活において牛乳を飲んだことが書かれている。光太夫は何も知らされずにそれを飲み、とんでもないものを飲んでしまい後悔したという件《くだり》があるが、御簾の中で聞いていた家斉は「いや慣れれば美味いものだ」と口を挟んだ。

家斉は牛乳どころか蘇《そ》や酪《らく》と言った乳製品を食していた。オットセイの陰茎の粉末まで飲んでいたことはよく知られている。子作りの為の精力増強が目的であった。

一橋徳川家からの養子であった家斉は、実父治済《はるさだ》から将軍家内で一橋家の血筋を残すようにと強く言われていたのでこれを実践した。在位五十年の間に子女五十五人を生ませた。

これらの子女は主に譜代大名に養子あるいは嫁に出したがいずれも多額の持参金をつけたため吉宗の時に立て直した幕府財政は再び大きく傾き始める。

しかし彼の名誉のために言うと子作りは決して好色のためだけとも言えなかった。父の言いつけを守り酒は毎日飲んでいたものの体力作りに早寝早起きはもちろん弓道や馬術にも精を出したと言われている。

そうまでして子作りに励むというのは何かしら悲壮感すら感じる。

幕閣の聴きたいのはロシアの国力、なかんずく軍事力であった。しかし光太夫に分かるわけがない。向こうもそんな事は教えない。代わりに都市の繁栄具合や人の生活を訊く。

「ヤクーツクやイルクーツクにいた人は日本人によく似ていました。ただ目の色は青くそこは違っていました。町も建物も大きく道も広々としていました。牛や鹿に良く似た動物を飼いその肉を食べ乳も飲んでいます。役人の家には銃を持った軍人が守っています。これはオホーツクでも同じでしたが都では色が白い大きな体格の人間ばかりです。とにかく大きな国です。また様々な人種が住んでいる国です」

「移動はどうするのか？」

「馬です。馬車もあります。ただし冬の間は馬に曳かせた橇《そり》を使います。冬の間、川も平原も凍るので橇を使って近道を行きます。場所によってはその方がはるかに早く移動できます」

「夏の間は？」

「イルクーツクでもそうでしたがヤクーツクにはとてつもない大きな川があります。向こう岸が見えないくらいです。その支流が網の目のように入り組んでいますのでこの付近は船で往来します。とても蚊の多いところでした。向こうの人は紗《しゃ》のようなもので身体を覆い蚊に刺されないようにしていました。肌を出していればすぐに刺されます」

光太夫は陸路も大変だが海に出ていくには東のオホーツクしかなくしかも冬の間は凍結するので彼等は冬は行動しないとも言った。

「冬の間は凍ると言ったがその間の生活はどうするのだ？」

「ベイチ（ペチカのことか）と言って煉瓦でできた縦長の囲炉裏が部屋の中にありそこで薪や石炭を燃やしますので寒くはありません」

光太夫は身振り手振りで説明する。

「彼等は蝦夷地を狙っているのではないか？」

「それはないと思います」

たしかに百年ほど前にはピョウトル一世が周辺諸国との戦争に勝ちカムサスカ半島も手に入れていたので警戒はしなければならないが今はヨーロッパ内での戦争に忙しく千島や樺太にまで手を伸ばす余裕はないとも説明した。

「彼等が交易を望んでいるのはシベリアの木材や毛皮と北の海の海産物を売りさばきたいからです。領土的野心は恐らくないと思います。アジアの東の果てまで出かけて戦争をしかけるなど苦労するだけでほとんど利がないと思います」

あのような巨大な国と争って勝てるわけがない。光太夫は日露間で争いが起きないようにと願っていた。

しかし幕閣の連中は信じがたいというような表情であった。

「お前は彼の国に世話になったからそう言うが、まさか言いくるめられたのではあるまいな」

まだ疑っている。

家斉は中座したが老中連はしつこく色々と訊いてくる。

結局「沙汰を待て」ということで一週間ほど町奉行所にお預けの身となった。磯吉もである。よく調べると称して光太夫の持っていた航海日誌や記録を取り上げた。たしかに調べる目的もあったかもしれないが不用意に外部に拡がるのを防ぐ意味もあった。

二

しばらくして二人は幕府直轄の小石川御薬園《こいしかわおやくえん》の東端にある小さな家を与えられた。磯吉も別の一軒屋を用意してもらう。ここなら町奉行所の目が届く。

幕府の狙いは明らかであった。

光太夫らの話が町に伝わらぬよう監視することであった。もちろんみだりにロシアの話を漏らすなと言われていた。

北町奉行所の同心が毎日訪ねてきた。体のいい軟禁である。

同心の名は寺井勝之進という若者である。


ここ小石川御薬園はおよそ四万五千坪に及ぶ広大な場所で薬草を育てている。少しばかり小高い丘になっており多くの薬草や珍しい植物を育てている。

中ほどに小さな流れがあり桜や梅の木も植えられている。

目の前を見ると今は梅の花が咲いている。光太夫はペテルブルグで見た紫色の花シリェーニを思い出す。沈丁花に似た香りのよい花をつける。

向こうの女性が香水として利用していた。梅はそれほど強くはないがいい香りを漂わせる。

花の香を感じるなどかつてなかったことである。

イルクーツクでは金も乏しくなり紹介してもらった賃仕事で生活するのがやっとであった。

キリスト教に改宗すれば割のいい仕事をさせてやると言われ続けたが光太夫は帰国を願い続けた。

キリルに遭ったのはその後だった。

地獄に仏とはまさに言い得て妙である。


今自分は日本にいる。

多くの仲間が亡くなった。

アムチトカ上陸前に幾八が、上陸してからは作次郎、三五郎、次郎兵衛、安五郎、清七、長次郎そして藤助が。カムサスカのチギリースクでは勘太郎、興惣松、九右衛門、藤吉を死なせた。

庄蔵はここで凍傷を患い足を切断する。その足ではとても帰国は無理だった。

キリスト教に改宗すれば施しを受けられる。庄蔵と新蔵は改宗してイルクーツクに止まった。改宗したからには二度と日本に戻れない。


光太夫らも勧誘を受けたが何としてでも帰国したい。この思いが強かった。

帰国するには改宗できない。とうとうそれを貫き通した。

シベリア総督から下賜された金も尽きた。

下働きをしながらも三名は何度も励ましあった。

この時にキリルに出会ったのである。

この幸運がなければ光太夫も帰国を諦めていたかもしれない。

「異変がないか見ておくように言われておりますので」寺井は丁寧に言った。相手は将軍や老中にも目通りした男である。失礼があってもいけない。

「御苦労さまです」光太夫はそうは言ったが見張り役であるのは分かっている。

「ロシアの都というのは随分と大きく立派だそうですね」

ほぼ毎日来るから自然と言葉を交わすようになる。どこまで話せばよいのか迷ったが町奉行所の同心だ。他所に拡げることもないだろう。

「ペテルブルグという都には大きな石の建物がありましてね。そこに皇帝らが住んでいるのですよ」

「どれくらいの大きさですか？」

光太夫は絵に書いて説明した。

「横幅が百間かもう少しありましてね。一部は三階建てです。一階の天井が高く日本の建物の三階分くらいあります。しかも内部には大きなろうそくが百本もついているギヤマン作りの明かり台が天井からぶら下がっています。それが二十本ほどあるのです。夜でも昼のように明るく壁や天井には金箔が貼られています。竜宮のような感じでした」

「ろうそくに火をともす時はどうするのですか？」

「え？　さあそれは見ていなかったので分かりません」

光太夫は変な所に気がつくものだと思ったが初めて話を聴く人はこう思うのかもしれない。考えてみれば確かにそうだ。ろうそくも取変えねばならない。そんなときどうしているのだろうかとも思う。まあ寺井とはこのような愚にもつかない話をしていた。

磯吉とはごくたまに会うこともあったが消息を確認するぐらいで特別な話をするでもなかった。


帰国して二年たった時に幕府は故郷の白子浦を訪ねることを許した。寺井はこの時もついてきた。白子に戻る船に乗ったのである。

故郷は変わっていなかった。知っている人間は随分減っていたがそれでも知ってる人はいた。既に廻船問屋の主人の白子屋清右衛門には江戸で会っていたがそのほかの人間には久し振りであった。自分の墓参りもした。

彼の地で亡くなった仲間の家族へも挨拶した。

自分だけが生き残って帰ってきたことが申し訳なかった。二度と白子へ戻ることはないと思っていたので不思議な気持ちで故郷をながめた。

この景色を何度も思い浮かべながら死んでいった仲間のことを考えるとたまらなかった。

多くは病気で亡くなったが中でも幾八は浮腫病に罹り歯茎から出血した。何も食べられず挙句の果てにやせ細って死んでいった。仲間は泣きながら彼を白布に包み海に流した。光太夫は幾八の遺族に報告したとき船頭である自分の責任だと詫びた。遺族は随分前に墓を作っていたのでその時は悲しんだかもしれないが今更報告を受けてもそれほど悲しさはないようだった。光太夫は不思議な感じがした。忘れられているわけではない。時間がたてば人は諦めてやがて納得するのだ。

「どうです。自分の墓参りを済ませた気分は？」寺井はニコニコしながら訊いた。

この男は能天気だ。ある意味可愛い。

「はい。どうも変な気分ですね」とは言ったが光太夫に特別の感想はなかった。

彼の地で亡くなった仲間の墓もあったのだが自分も同じ運命になっていた筈だからである。

一歩間違えば自分も死んでいたのである。何千里もの旅をして生き残った。もうこれは運命としか言いようがない。

死と生それは隣合わせと言うか繋がっている。たまたまそこに線を引いただけである。生の先に死がある。

それだけのような気がした。厳密に分けられるものではない。

自分はたまたまこちらに居るだけである。

決定的にそこに差があるとも思えない。

とはいえ故郷の人は自分たちのことを想っていてくれたのだと感謝の気持ちだった。亡くなった仲間も生きていた値打ちがあったのだ。肉体は滅んでも彼等の存在は人々の心の中にありつづけるのだと思う。

ロシアの国でも同じだった。人間は皆同じだ。

こうやって生をつないでいくのだ。

白子浦から戻った光太夫は二年後に妻を娶った。五十三歳になっていた。

光太夫の軟禁状態も事実上解かれた。

新井白石の『菜覧異言《さいらんいげん》』、その改訂版の山村才助の『新訳改訂菜覧異言』や桂川甫周の『北搓聞略』も出回っていたしかなり前になるが工藤平助の手になる『赤蝦夷風説考《あかえぞふうせつこう》』も結構有名になっていたからである。

もはや監視する必要もなかったが寺井は時々やって来た。

「お上からの指示ですか？」光太夫は率直に訊いた。

「いえそうではありません。お邪魔でなければこうやって時々来て向こうのお話を伺いたいのですが宜しいでしょうか」

どうやら個人的な興味かららしい。


この年ロシアの使節レザノフが仙台藩の船頭であった津太夫《つだゆう》をつれて長崎に来航した。

この話はすぐに江戸に伝わった。

津田夫もまた漂流民であった。日本を出てカムサスカに着き陸路でペテルブルグに辿り着いた。ロシア皇帝の許しを得て首都ペテルブルグを出てバルト海、アフリカ西部のカナリア諸島、南アメリカ、マゼラン海峡、ハワイ諸島を経てカムサスカ半島のペトロカムサスカに着いた。その後ラクスマンが受け取った信牌を持って長崎の出島に帰ってきた。

レザノフと行動を共にした津太夫は結局世界一周をしたことになる。


信牌には長崎でなら交易の可能性があると記されていた。

要するに当時の幕府のというか老中松平定信の弥縫策《びぼうさく》であり問題の先送りであった。

その時のツケが回ってきた。

しかしこの時も幕府は逃げ腰である。鎖国政策の放棄など考えられなかった。

大先輩が定めた国是を覆すなどこの国の役人にはできなかった。日本の役人の姿勢はこの頃から今に至るまで変わっていない。

松平定信は失脚して今は松平信明が老中首座である。交渉の責任者は老中土井利厚であったが彼は相手を怒らせれば帰るであろうと考え二か月近く上陸を許さず上陸後も半年ほど軟禁状態に置いた。

交易しないのならはっきりと言えば良いのに幕府には明確な方針がなかった。

態度で示せば分かってくれる筈だと思っていた。

以心伝心。この考え方は日本人の特性かもしれない。しかし世界では通用しない。

大国が相手なので腰が引けていた。

「このことをどのように思われますか？」寺井は光太夫に訊いた。

自分を陥れるために訊いたのではないかと一瞬思い、

「さあ政のことは分かりませんがもしロシアの漂流民が来れば助けてあげるべきでしょうね。飲み水や食料程度であれば交易してもいいように思いますが」と答えた。

寺井の質問は相手を怒らせたことについてどう思うかと聞いたのだが光太夫は答えをはぐらかせた。

この程度の意見であればお上の怒りに触れることもないであろう。

カムサスカやオホーツクでは米は作れないし麦も中央アジアから持ってくるだけだ。だから食糧や水であれば取引しても良いと光太夫は思っていた。

向こうの木材や海産物と日本の米との交換で交易は成り立つと思うが何故そこまで頑固に鎖国政策を維持しているのか光太夫には理解できなかった。

水戸藩の藩主徳川治紀《はるとし》は沿岸警備を強めているそうだが朝廷ではもっと強烈な攘夷の考え方があると言う。治紀の跡を継ぐ斉昭《なりあき》もその姿勢であった。

日本の方が優れていることもあったが軍備、工業、民生品など異国の方がはるかに進んでいるのにと歯がゆい思いであった。

もし戦争になったら武器の優劣が勝敗を決める。すぐれた武器を持つヨーロッパの技術を導入すべきであると光太夫は考えていた。


水戸の斉昭の攘夷というのは戦争を仕掛けるのではなくただ追い払えというものであったがこの思想の影響を受けた若者はそのようには考えなかった。

ただ一部の若者が過激な方に向かっていくのを斉昭は心配していたそうである。とはいうものの彼は水戸学の影響を受けており攘夷思想を改めることはなかった。

本来水戸学は尊皇思想である。ただそれが行きつくところは攘夷となる。また過激な考えになりやすい。


「私がお訊きしたいのは幕府の交渉姿勢ですよ」

「さあ寺井さまこそどのように思われますか」光太夫が逆に訊いた。

「相手を怒らせると言うのはあまり賢いやり方ではありませんね。紛争の原因を作ることになりかねませんから」

この寺井の予想は当たっていた。もっとも寺井でなくとも大体の予想はつく。

やがて文化三年（一八〇六年）九月にロシア兵が突如樺太に駐留していた幕府軍に対し砲撃を仕掛けてきた。軍艦から艦砲射撃までしてきた。文化露寇《ぶんかろこう》である。火縄銃しか持たない幕府の兵はたまらず退却した。

翌年も利尻や礼文島に攻めてきた。アイヌの少年を拉致し食糧を奪い火もつけた。半年も経たぬうちに江戸にも伝わった。攘夷の思想が拡がっていったのは当然の帰結だった。外国から攻められたのである。仕方がなかったがその攘夷の中でも過激な考え方の人間が出てきた。やがて国論の分断が始まる。

この報復を考えていた幕府は測量のために国後《くなしり》に来ていたロシアのゴローニンを不法侵入として捕縛する。五年後だった。

面子のためにしたことだろうがこれもまた賢いやり方ではない。寺井と会話をしたときはまだ分からなかった。

「武器を増強するべきだ思うのですが幕府には金がありません」

連合国家であった徳川幕府は各藩に海辺の防備を指示するだけであった。

「雄藩はそれなりに進めているようですが」と寺井は言った。

るようです」

「薩摩や肥前は西洋式の鉄を作る技術を学んでいますし伊豆韮山の代官なども挑戦してい
「と言いますと？」

「お金があるんですね」

「いいえ。どの藩も多額の借金を背負っています。しかし薩摩では奄美の黒糖を藩の専売にしたり越前福井藩でも長崎に藩直営の物産総会所を設けて利益を上げていると言います」

寺井は奉行所で聞いた情報を話す。長州でも藩を通じて交易するようにして多額の利を得たという話がある。

「私もお金は必要と思います。ペテルブルグのあの巨大な宮殿やシベリアのような辺鄙なところにも兵を常駐させるなどはお金がないとできないと思いました。しかし軍備はとてつもない金を必要としますよ」

幕府にとって不幸だったのは時の将軍家斉が贅沢三昧でかつあまりにも多くの子女を作りその婚礼のために多額の金を使ったことにある。のみならず各藩への上納金の押しつけもありますます各藩は疲弊した。にもかかわらず最大の浪費である参勤交代の制度には全く手をつけなかった。

この参勤交代が緩和されるのはのちに越前藩主の松平春嶽《まつだいらしゅんがく》が幕政参預に復帰してからである。自らの政治顧問である横井小楠《よこいしょうなん》の唱える国是七条《こくぜななじょう》を基に幕閣に指示しているが時すでに遅しで各藩は既に疲弊しきっていた。全国が一丸となって諸外国に対峙しなければならないのに徳川幕府は諸藩からの反乱を恐れて各藩を痛めつけることしか考えていなかった。

光太夫はロシアが北方での交易を通じて多額の利益を得ているのを知っている。

「ヨーロッパでの戦争を続けられるのもこの利益があったからだと思いますが交易をするために戦争をしているのか戦争をするために交易を続けているのかは分かりませんが」

「領土を拡張するためでしょう」

「そうとも言えません。日本は島国ですからその心配はありませんが彼等は国境を接しているのでお互いにいつ攻め込まれるのか分かりません。その疑心暗鬼から戦争をしている場合もあるようです」

「ずっと昔にカムサスカを占領していたではありませんか」

「そうですね。あれはたしかに領土を拡げるためだったでしょうね」

光太夫は攘夷派が言うように外国文化に毒される恐れはあるが進んだ海外文化を取り込

むのも必要だとも思っている。そのために鎖国政策を見直すべき時がきたのではないかと思うがヘタに言うと寺井から幕府に伝わってもまずい。

「相対交易（自由貿易）ではなく官交易なら管理ができていいのではないでしょうか」

光太夫は交易が大きな利益を生むだけではなく遠方の物が手に入り相互補完ができるのではないかと前から思っていた。

「鎖国政策を止めると言うことですか」

「今でもオランダとだけは交易していますからね。もう少し拡げてもいいようにも思いますが」光太夫は一歩踏み込んだ発言をした。

寺井は黙っていた。

「私は外国へ行ってみたいと思ったことがあります。もっとも蝦夷地や薩摩にすら行ったこともありませんが」

「どうしてですか？」

「ただ単に知らない世界を見たいだけです」

「私はロシアしか知りませんが雪と氷の苛酷な世界ですよ。それに比べて日本は素晴らしいところです。温暖ですし。私はあそこへは二度と行こうとは思いませんが」

光太夫の本心だった。

「でも行ってみたいのです」

「これは寺井さまだけが思っておられるのですかね」

「それは分かりませんがそういう人が増えているのではないですかね」

攘夷を唱えて内にこもるよりも外に出て視野を拡げるほうがよいが外国も危険である。

「昔の話ですがロシアへの漂流民の中でも現地の人間に皆殺しにされたりしたこともありましたからね」それも一度だけではなかったかもしれない。

「日本の中でも京大坂へ行くだけでも水盃を交わしますからね。追いはぎも出ますしそれは同じだと思います」寺井は反論した。たしかにそうかもしれない。

物見遊山《ものみゆさん》で行ける時代ではなかった。

「同じ民族が住み平和に暮らしている今が一番いいと思います」光太夫の本心だった。

「諸外国の船が近づいています。いつまでも鎖国を続けておられるでしょうか」

寺井は役人らしからぬことを言った。まさにその通りである。

老中たちに囲まれて下問を受けたときに彼らが異国を恐れていることはよく分かった。その認識は正しいと思った。さすがに老中だと思った。

しかし具体的な行動は以前と変わらない。ただ追い払えとか砲台を築けと雄藩に命令するだけである。

あんなお粗末な防備では欧米の力にはとてもじゃないが立ち向かえない。彼らはそれを分かっていないのだ。老中連も環海異聞や北搓聞略を読んだことはないのではないか。政界を泳ぎまくる術のみ長けて広い視野を持たぬ。だがそれは言えない。言えばたちまち厳しい罰が与えられる。

「お役人としては思い切ったことをおっしゃいますね」

「いやこれは光太夫さんの前だから言っているだけですよ」

寺井が海外に行きたいという夢を持っているために言っているだけだとは思うが若者の多くはこうかもしれない。しかし無断で行けば国禁を破ることになる。これはいつの時代でもどこの国でも同じだ。

光太夫は行きたくて行ったわけではない。偶然に行ってしまったのである。

「そうですね。もう少し楽に行ければよいかもしれませんね」

「夢かもしれません。しかし夢も持てずに一生を終えるのも悲しいと思います」

「でも海外に行くだけが夢でもないと思いますが」

光太夫はここまで言って果して自分は今どんな夢があるのかと考えた。

若い時は船頭になるのが夢であった。船主になれたらと思った時もあった。ロシアにいたころはただひたすら帰国できるのを希う毎日であった。

「とはいえ夢をお持ちということは素晴らしいことだと思います。私などはここに留め置かれて無為に時を過すだけです」

これは本心である。軟禁状態で故郷にも帰れず夢を持てない日々を過ごしている。ただ死を待つだけということと同じだ。それに比べてロシアにいたときはただひたすら帰国を夢見ていた。あの頃が懐かしい。

しかしもうこの話に深入りしたくなかった。


ロシアは王朝が直接金儲けをして財力を高め強大な軍備を整えている。日本も真似るべきではないのか。こちらから交易をしたいと言っているわけではない。相手の要望に応えてまず交易を通じて国力を富ませ軍備も整えるべきなのだ。


「もし外国が攻めてきたら迎え撃つことができるでしょうか」

「また神風が吹くと思っておられるのではないでしょうか」光太夫は答えた。

「本気ですか？」寺井は憤然として言った。

「まあ漠然とですが」勿論本気ではない。今の状況ならまずまちがいなく負けるだろう。

寺井をからかうのも悪いとは思ったがしかし寺井から奉行所に伝わってもまずい。こう言うしかなかった。

今の幕府は不測の事態に備えて戦略を練るということをしない。疲弊した各藩をさらに鞭打ち防備をせよと言うだけの幕府に対して光太夫は何の希望もいだかなかった。

その場しのぎでしかない。元来日本人は戦略という息の長いことを考えるのが苦手なのかもしれない。日本には四季がある。しばらくすれば次の季節がやって来る。問題が生じても季節が替われば解決するかもしれない。

しかしロシア特にヤクーツクなどは夏と冬しかなかった。夏といっても雲が垂れこめ日本のようにカラッと晴れた日は少ない。冬は長く厳しい寒さの中を家に閉じこもり春を待つ。

だからじっくりと考えるのかもしれない。

「日本では戦争で負けても大将が腹を切れば残りの兵はそのままですがヨーロッパでは負けた方を皆殺しにすると聞いたことがあります」

「まあそういうこともあったかもしれません。私はそこまで詳しいことは知りませんが」

実際シベリアに侵攻した時は原住民を根絶やしにしたというのは聞いたことはある。しかしどこまで本当だったのかまでは知らない。

一体寺井は外国と戦争した時のことを心配しているのかそれでも外国へ行きたがっているのか分からない。

「私は光太夫さんのような情報を持っている人の知識をもっと活用するべきだと思っています」

「今の私に何ができるでしょうか」

事実上軟禁状態ではないかと言いたい。しかしこんな若侍に言ってもしょうがない。

「それに歳です。私を買っていただくのは大変ありがたいのですが」

一応そうは言ったが時の流れを理解できない幕府に協力する気もなかった。

この日はこのような話をして寺井は帰っていった。

寺井の帰りを見送って光太夫は庭に出た。

目の前の小石川御薬園をながめながら自らの半生を振り返る。

数奇な人生であった。

たしかに寺井の言うように自分の経験や知識がもっと広まればとは思うが具体的に何をすればよいのかが分からない。

時代がまだ来ていないのかもしれない。

アダムやキリルには何の恩返しもできなかった。それが残念だった。

完

一炊《いっすい》の夢《ゆめ》

一　大安禅寺《だいあんぜんじ》

JR福井駅から北西に六キロほど行ったところに東方から流れて来た大河九頭竜川《くずりゅうがわ》と福井市内からくる足羽川《あすわがわ》、南越《なんえつ》地方から北上して来る日野川《ひのがわ》との合流地点がある。それらの川の堤防と水田が広がる。さらにここから北上して日本海に注ぐ。

ここは低湿地帯でありながら古くから集落があった。

この集落田ノ谷《たのたに》町から少し西に行くとそれほど高くはないが丹生《にう》山地が広がる。その麓から少し登ったところに大安禅《だいあんぜんじ》寺の山門がある。

福井市の北東にある永平寺は曹洞宗《そうとうしゅう》であるのに対しこちらは臨済宗《りんざいしゅう》である。どちらも禅寺である。ただし永平寺は大本山であるがこちらは京都妙心寺の末寺であり永平寺に比べればあそこほど大きくはない。

この山門は普段は閉じられているのでその横の道を通る。

いま観光バスがその道を登っていく。山門を過ぎてすぐ右に小さな白山神社があるがその横の道を三百メートルほど登っていくと広い駐車場があり今バスから観光客が降りてくる。

短い石段をのぼり受付で拝観料を払い中に入る。

観光客の人数が多いと寺の僧侶が説明してくれる。

「この大安禅寺の歴史は古く今を去ること千三百年もの昔の大宝《たいほう》年間に泰澄大師《たいちょうだいし》が建立した田谷寺《でんごくじ》を起源としています」

その田谷寺は当時多くの塔頭《たっちゅう》を抱え門前市《いち》をなすほどの大伽藍であったという。

しかし戦国時代に越前に兵を進めた織田信長と一向一揆勢との争いの混乱の中で全伽藍を焼失してしまった。信長が焼き払ったのか一揆勢が火をつけたのかはっきりしない。

その後戦乱は治まり徳川の治世となる。

「越前福居藩《えちぜんふくいはん》の藩主も四代目の松平光通《まつだいらみつみち》公となりました。その時すなわち万治《まんじ》元年（1658年）に田谷寺の跡地に建てられたのがこの大安禅寺です」

田谷寺が焼けてから七十有余年が経っていたという。この時代の名僧と言われる大愚宗築《だいぐそうちく》に深く帰依《きえ》した松平光通公が先祖の徳を偲《しの》び建立したのがこの寺である。

「さっきの泰澄というのは延暦寺を作った人でしょ？」

「いいえ違います。それは最澄《さいちょう》です。泰澄というのは越前浅水《あそうず》の人で名峰白山《はくさん》を開いたりその麓に平泉寺《へいせんじ》を建てるなど広範囲に布教活動をしていた修験者《しゅげんじゃ》で最澄よりも八十年ほども前の人です」

「ややこしいなあ」

客はぶつぶつ言いながら廊下を通って次の建物に行く。

「この大きな建物は座禅の修行をする枯木堂《こぼくどう》と呼ばれるところで、畳の部分だけでも百二十畳あります」

おおきな達磨《だるま》さんの絵が掲げられている。

さらに廊下を進むと左の方に大愚宗築を祀る開山堂、右手に光道を祀る開基堂の小さな建物がある。その先には解体修理中の本堂がある。

「この寺ができてから三百六十年以上も経っており、その後戦災にも遭わず当時の姿をとどめていたのですがさすがにここまでくると劣化が進み修理をせざるを得なくなりました。そこで国（文化庁）、県や市の補助のもと解体修理を行うことになりました」

「それで見られないわけか」

「いま本堂の屋根の解体補修中なので上から見ることはできます。そこの小さな階段を登っていただくと見られますが五人ほどしか登れませんので交代でご覧ください」

本堂全体を囲む巨大な素屋根《すやね》がありその端に小さな観覧デッキが設けられている。

その下には六部屋があり周囲を広縁が囲んでいる本堂がある。

しかしいまは骨組みしか見ることができない。

「今修理中の本堂は幅二十六メートル、奥行きが十九メートルあります。玄関は端にあり殿様専用になっています」

「全体は見られないのですか?」

「現在は本堂の修復工事中ですが庫裡《くり》や客寮、宝蔵や鐘楼も修理に備えて囲いをしていますので見ることはできません」

前もって聞いてはいたが観光客はがっかりした表情である。

「先ほどの受付にビデオがありますので全体をご覧になることができます」

「全体の修理が終わるのはいつ頃?」

「二〇一六年に工事が始まっていますがまだ半分しか進んでいません。二〇二九年に終わる予定です」

客はもう一度枯木堂を見て受付まで戻る。

途中に本堂の修復に使う柿《こけら》の寄進を受け付けている。

願い事と自分の名前を書いて金を払う。本堂の瓦の下に敷くという。

受付を一旦出て客寮や宝蔵さらには鐘楼を外部から見る。

本堂の前にある枯山水の庭である【阿吽庭《あうんてい》】は見ることができる。

ここから先はバスガイドが案内する。

「受付の前はこの寺の名所の花菖蒲園《はなしょうぶえん》です。約六百坪の広さの庭の中におよそ一万本の色とりどりの菖蒲が植えられています。どうぞこちらの方へ」

ガイドは菖蒲園の中を貫く木の通路に案内する。残念ながら今は菖蒲の季節ではない。

毎年五月の終わりから菖蒲祭りが開かれ多くの参拝者が訪れるという。

「これからバス内でご要望のありました千畳敷《せんじょうじき》を案内します。少し歩きますが我慢してください」

花菖蒲園の前の紫陽花《あじさい》の花咲く山道を登っていくと福居藩の家臣の墓が道端にある。その中には種痘の普及に尽力した笠原白翁《かさはらはくおう》の墓もある。

墓には『笠原白翁君の墓』の名が刻んでいるところから明治になってから作られたと思われる。案外小さな墓石である。

そこからまだ少し山道を歩く。周りは暗い。

ようやく歴代の福井藩主の廟所である千畳敷《せんじょうじき》に辿り着いた。千畳敷は山の台地を切り開いて平らにしたところに作られている。周りは鬱蒼《うっそう》とした杉の木に囲まれ幻想的な雰囲気を醸し出す。

ガイドは説明する。

「お疲れさまでした。ここが千畳敷です。高さ二メートルほどある石柱が幅三十メートル奥行五十メートルほどの周囲を囲みその中に十基の歴代藩主の墓が並んでいます。地面には千三百六十枚の笏谷石《しゃくだにいし》が敷き詰められており墓石はもちろん入口の天蓋《てんがい》、引き戸もすべて笏谷石で作られています」

この笏谷石は雨に濡れると淡い緑色に変わり、こびりついた苔と相俟って緑の空間を作り出す。

「並んでいる墓石は一番奥が初代藩主の結城秀康《ゆうきひでやす》、右が三代藩主忠昌《ただまさ》続いてその横が夫人の道姫、さらに八代藩主の吉邦《よしくに》、九代宗昌《むねまさ》、十一代の重昌《しげまさ》とです。左側は四代藩主の光通、その夫人の国姫《くにひめ》、五代藩主の昌親《まさちか》、十代藩主の宗矩《むねのり》の墓と並んでいます」

「二代とか七代の墓は？」

「二代の忠直《ただなお》卿の墓は九州の豊後《ぶんご》にあります。また七代の吉品《よしのり》公は五代の昌親公が名前を変えて二度藩主になられたので五代と七代の墓は同じです」

いずれも高さ三メートルほどの墓石で土台も含めると四メートルほどの高さになる。

幕末の藩主であった松平春嶽《まつだいらしゅんがく》公も教えを受けたという歌人橘曙覧《たちばなのあけみ》の墓は千畳敷の後ろの山道を進んだところにある。

「ここまで来る観光客は少ないです。皆様は珍しいほうです」

まるで物好きだと言わんばかりの説明だ。

二　江戸上屋敷

時は江戸時代初期。まだ戦国の世の雰囲気が残っている頃である。

越前北《きた》の庄《しょう》藩の江戸上屋敷は常盤橋《ときわばし》の近くにあった。江戸城のすぐ近くである。

正保《しょうほう》二年（一六四五年）十月、在府の約七十名の士分以上の藩士はここに集められた。

四十畳敷きの大広間と続く二十畳敷きの二部屋と幅一間半の廊下も開け放ちそこに居並

ぶ。

　小姓を従えた万千代丸《まんちよまる》は廊下から入ってくると上段の間に座る。藩祖結城秀康《ゆうきひでやす》、二代目忠直《ただなお》公以来の家老であった本多富正《ほんだとみまさ》が藩士の方に向かって大きな声で言う。

「第三代越前福居藩・藩主松平忠昌《ただまさ》様は去る八月にお亡くなりになられた。跡はここにおられる万千代丸様がお継ぎになることが幕府にも認められた。皆は忠昌公に劣らず忠勤を励むように。今日からは新しい殿である」そう言って本多富正は居ずまいを正して万千代丸に向き直り、

「殿、おめでとうございます」と挨拶する。

　一同は平伏するとともに「おめでとうございます」と声を揃えて言う。

　富正は「殿。お言葉を」と促す。

　万千代丸は周囲を見渡して一言「予が万千代丸である。皆の者、大義である」と甲高い声で短く述べた後廊下に出ていった。

　富正はすべて打ち合わせ通りにいったのでほっとした。傍にいた林勝正《かつまさ》や佐久間盛郎《もりよし》も安堵した。三人は幕府より差遣わされた後見役である。

万千代丸はまだ十歳になったばかりである。後七年ばかりで十七歳になる。福居に晴れて初入国できるまで支えるのが三人の役目だ。

二か月ほど前に先代の松平忠昌公が霊岸島《れいがんじま》の江戸中屋敷で急逝した。忠昌の残した男の子には側室の幾久《いく》との間に生まれた仙菊《せんぎく》とわずか二か月遅れで生まれた正室道姫《みちひめ》との間の子である万千代丸、さらには側室高照院との間の辰之助《たつのすけ》のほか長松《ちょうまつ》や徳松《とくまつ》がいる。

しかし仙菊や辰之助などは妾腹の子であるため万千代丸が嫡男として扱われている。したがって万千代丸が襲封《しゅうほう》するのは当然であったが今まで時間がかかったのは理由があった。

先代の忠昌は生前、仙菊や辰之助にも領地を分け与えるように言っていたしその書きつけも残していたのである。

幕府はその確認に時間をとられようやくこれを遺言として尊重し、認めた。

結局、仙菊に五万石を、辰之助には二万五千石を与えてそれぞれ松岡《まつおか》藩と吉江《よしえ》藩として立藩させた。この領地の確認にも時間がかかった。

先々代の忠直公が豊後に配流されたときに福居藩は五十万石に減封《げんぽう》されていたので結局、万千代丸が受け継いだのは四十二万五千石、実質四十万石であった。

先代藩主・忠昌は酒豪で豪放磊落《ごうほうらいらく》な性格であったが反面、繊細な神経の持ち主でもあり仙菊や辰之助にも領地を分け与えてやりたかったようである。

特に仙菊と万千代丸とは誕生日が二か月しか違わないし辰之助とも四歳ほどしか違わない。将来、大名として成り立つようにとの思いもあったようである。

忠昌の兄・忠直《ただなお》は二代目の越前北の庄藩の藩主であったが将軍家の対応に次第に不満を持ち不行跡《ふぎょうせき》・乱行を繰り返した挙句、将軍秀忠にも反抗の態度を示したとして豊後《ぶんご》に配流された。

訳もなく部下を切り殺したり藩内の妊婦の腹を切り裂き胎児を取り出したりしたという話がいくつかの書物に書き記《しる》されている。

配流とした時も幕府はもし反抗するなら討伐隊を差し向ける用意があるぞと恫喝した。

実母の説得もあって剃髪した後素直に九州へ向かいその後の行状は平穏であった。

幕府は弟の忠昌に跡を継ぐように言ったが忠昌は忠直の嫡子である光長《みつなが》（この時はまだ

仙千代と言っていた）がいるのにと一旦は固辞している。つまり光長が継ぐのが当然だという考えである。光長の将来を考えていたのだという説もある。そのほかにも忠昌は既に越後高田藩の藩主であったからという事情もあった。

幕府はこの言い分を認め内諾している。

仙千代は忠直が豊後に流された後、ただちに越前北の庄を継ぐがその時はまだ母親の勝《かつ》姫《ひめ》（天崇院《てんすういん》高田殿）と一緒に江戸に住んでいた。

勝姫と一緒に一度越前にまで出かけているが四か月後には江戸に戻っている。冬の寒さが耐えられなかったともいわれているがまだ八歳であったので分からないこともない。

藩主が幼い間は江戸で生活し国許に帰るようになるには十七歳になってからとするという規則ができるのはこの頃からである。

幕府は方針を変えて光長を越後高田藩主とし忠昌を北の庄藩主とすることにした。すなわち入れ替えたのである。

越後高田藩も北国である。冬の寒さは同じであるのでこの理由はもうひとつよく分からない。

このようにして越前北の庄藩の三代目藩主が誕生したが実際には光長も忠昌も江戸での生活をしている。このためもあって越前藩では光長を歴代の藩主としては認めていない。つまり一時期は藩主であったのだが早々に退任しているためである。

藩主就任の宣言が終わった後しばらくして前家老本多富正が部屋にやって来た。

彼はしばらく前に家老を退任して越前府中にいたが江戸に出てきていた。家康時代から仕えてきたから藩内では圧倒的な存在感があった。

このため先ほどの儀式も彼が主宰したのである。

三　藩主教育

「殿」

と呼ばれて万千代丸は一瞬戸惑った。言った富正本人もぎごちなかった。

「さきほどはありがとうございました。早速ですが明日からはこれまでの越前福居藩の成り立ちを御説明させていただきます」

北ノ庄藩はこの頃にはすでに福居藩と改名していた。さらに後には福井藩と改める。

万千代丸は部分的には母親の道姫（慶寿院《けいじゅいん》）から聞いていたので別にどちらでもよいと思って黙っていた。

富正は返事が無いので不満そうに、語気を強めて「よろしゅうございますか？」と聞いた。

この時富正は七十三歳、孫よりも若い万千代丸から見れば祖父のような存在だった。

万千代丸は有無を言わせぬ圧力を感じた。

彼は慌てて「うん。宜しく頼む」と答えた。

翌日の巳の刻（午前十時）になると万千代丸の居室に富正が現れた。

万千代丸はまさか富正が現れるとは思っていなかったので驚いた。

藩の成り立ちの説明など他の者にさせればよいのにと思った。

「富正がやるのか？」と言うとその雰囲気を感じたのか富正は、

「お嫌かもしれませんが藩祖・秀康公以来の福居藩の事を誰よりも知っているつもりでございますので私が説明させていただきます」と当然であるかのように言った。

本多富正は結城秀康が越前北の庄藩を立藩した時に幕府から差遣わされた付家老《つけがろう》として以来秀康に仕えていた。しかし秀康も富正も江戸での生活が長く福居にはわずかしか滞在していなかった。

富正はその後も家老として二代目の忠直、三代目の忠昌にに仕えていた。

そればかりではない。三代目の忠昌が福居藩五十万石を相続した時に越前府中《えちぜんふちゅう》の四万五千石を拝領しており江戸城中では家老とはいえ中堅大名並みの待遇を受けていた。すなわち忠昌公以来、地方知行《じかたちぎょう》となって四万石を得ていたのである。

忠昌が亡くなると直ちに隠居を願い出て許された。

「信康《のぶやす》様は神君家康公の御嫡男でしたが（織田）信長様の意向を受けて自ら切腹されました。そのため本来は次男の秀康様が家康公の跡を継ぐべきでしたが秀吉様の御養子となられていたので二代将軍は秀忠公になりました」

「秀康様は既に結城家を継いでおられたのでと言うことを聞いたが」と万千代丸が言うと、富正は一瞬答えに戸惑った。あまり深く考えていなかったからである。

実際に家康がどのように考えていたのかは分からない。富正が家康から指名されて秀康につき従ったのは秀康が越前北の庄藩を立藩した時からであるから詳しいことは知らない。

一説によると秀康は双子で生まれたので父親の家康から嫌われていたとか容貌の醜さからだとも言われている。また秀忠が二代征夷大将軍になったのは大坂冬の陣の始まる九年も前であり既に越前北の庄藩は成立していたからかもしれない。

「しかし秀康様は豪傑であられました。結城家の養子になっていた時は当然ながら豊臣勢にあって活躍されています。古くは徳川勢と対立した時に『(豊臣) 秀頼は俺の弟だ。俺が守る』と言って豊臣側についたこともあったのです。もっとも私は別の場所にいましたので詳しいことは知りませんでしたが」富正は言う。

実際その時はまだ枢要な地位にいなかったので知らない。

「秀康様はやがて徳川の方に戻るわけか」

豊臣秀吉が亡くなった時には秀康はまだ二十四、五歳であった。石田三成が家康に対抗するようになってからは秀吉のいない豊臣側につく必要もなく徳川側に戻るようになる。やがて関ヶ原の戦いの後、越前北の庄六十八万石を受けるようになる。

それに引きかえ秀忠は良く言えば大人しい、悪く言えば凡庸な面もあった。

しかしそのような人間にでも家督を譲ると言うことで、徳川幕府は世襲であることを知らしめる格好の材料になる。不安に思うなら自分が大御所として睨みをきかせればよい。

家康はこのように考えて二代目の征夷大将軍に据えたのではないだろうか。

富正はこのように理解しているがそのままは言えない。


「私にはよく分かりませんが秀忠様には将軍の地位を与えられましたが秀康様は信康様亡き後嫡男扱いであられました。それに相応しい待遇を与えたい。それゆえ六十八万石という大藩を預けられたのではないでしょうか」

万千代丸は聞いていてもうひとつすっきりしなかったがそれ以上は追及しなかった。


越前北の庄藩の二代目藩主忠直も三代目の忠昌も二代将軍秀忠より『忠』の一字をもらっているが忠直は既に述べたように色々と悪評がある。

大坂冬の陣で戦術の拙さを家康から叱責された忠直は次の夏の陣で名誉挽回とばかりに目覚ましい働きをする。真田信繁（幸村）をはじめ多くの首級をあげた。しかしその恩賞が少なかったことに不満を持っていた。次第に反抗の姿勢を見せて参勤交代を怠ったりするようになる。それも一度ならず度重なっていた。

本来なら秀康が将軍になり嫡男の自分はその跡を継いで将軍になっていたかもしれな

い。忠直の頭の中にはそんな考えもあった。

次第に荒れていく。

「私は、はじめは忠直様の気持ちを理解していたつもりですが、少し度が過ぎると思うようになり御諫《おいさ》めすることもありました」

しかしそれ以上言うと此方が勘気を被ることになりそうだったのでそこまではできなかった。


秀忠は既に将軍になっていたがしばらくは我慢して見ていた。しかし収まるどころか忠直の行状はますます荒れて行き、些細なことで藩士を手討ちにしたりするなどの行動が目立つとさすがに放置できず忠直を豊後《ぶんご》に配流することにした。

秀忠はこのときかなり悩んだ。はるか前になるが家康が征夷大将軍になった時に忠直はまだ八歳になったばかりだった。その時に家康や秀忠に面会したことがある。この時に秀忠は忠直を大変可愛がった。年が十六も離れていたこともある。そういう時もあったのである。

それを思うと忠直の処分には躊躇した。

しかし徐々に忠直の考えが変わっていく。

実父の秀康は次男である。長男の信康が織田信長の勘気により切腹の命を受けたことがある。その時父の家康は助命の嘆願もせず息子を死に追いやってしまう。

家康は信長との無用の争いを避けたためというが富正には理解できなかった。

家康は戦乱の世を早く終わらせたいという思いと息子を助けたいという思いの間で悩んだに違いない。富正はそのように考えることにしている。

こういう経緯があって次男の結城秀康が跡を継がずに三男の秀忠が二代将軍になった。

表向きは秀康が結城の名を継ぎ徳川から離れているということになっているが忠直にしてみれば本来は父の秀康が将軍となっていれば自分は三代将軍になっていたかもしれないという考えがあった。

長ずるにしたがってますますその考えは強くなった。特に大坂夏の陣があった後である。自分は多くの敵の首級《しるし》を挙げたという思いもあったからである。

その不満が高まり幕府への不遜《ふそん》な態度に繋がっていったのである。

それだけならよいが先述のように配下の者や領民に対して残虐な行為をするようになると将軍として放置できなくなってきた。

富正は幕府から差し遣わされた家老として何とかしなければならなかったが親子ほど年

が違うし相手は主君である。意見をするくらいであった。

富正では埒《らち》が明かないとなると最後は将軍・秀忠が大鉈《おおなた》を振るうしかなかった。

領地は五十万石に減らされた。もちろん懲罰的な処置である。忠直が配流になった後、すぐに忠直の嫡男である光長が越前に赴くが先述のように早々に江戸に舞い戻っている。幕府の命を奉じないのなら処罰すべきであるがなにしろ母親が二代将軍・秀忠の娘である。幕府の重役といえどもどうしようもなかった。

それではと幕府は忠直の弟である忠昌を後継にすることを考えた。

この頃富正は江戸屋敷で忠直が配流された後の処理に追われていた。誰が跡を継ぐのかなど考える余裕までなかったのである。

しかし幕府の命で再び富正が藩主を補佐することになる。


だが忠昌は固辞した。

既に越後高田藩二十五万石を治めていたこともあったが、むしろ忠直の子供の行く末を案じていたこともある。

「忠昌様は剛毅なところもございましたが一方で細やかな面も持ち合わせておられました」

越前北ノ庄藩は徳川家にとっては親戚・親藩である。しかも親藩の筆頭でもあったから幕府の重役程度ではどうしようもなかった。

最後は将軍秀忠の断に頼った。


結局、少々時間がかかったが幕府が光長と忠昌の入れ替えで忠昌を越前北の庄を継がせることで決着がついた。


富正はこの間の経緯をどの程度正確に伝えればよいかかなり考えた。

特に忠直の行為についてである。

配下の者を手打ちにしたということなら城内のことだから内密にしようとすればできるが領内の人間を殺害したとなると秘密とするのは難しい。

幕府の処断に従った。

富正は結局、乱心していたという説明にとどめた。

以後富正は諫止《かんし》できなかったことを生涯、気にしている。何のための御付家老かと後悔していた。誰よりもその責任を感じていた。

忠直の配流の後、次々と家臣が追い腹をする中で当然ながら富正も追い腹をするつもりであったが幕府はそれを固く禁じた。もはやそのような時代ではないと考えていたからである。

「私はその報に接した時、駿府《すんぷ》城改築の指揮を執っていたため幕府の指示が先になってしまい結局そのままになりました」富正は無念そうに言う。しかし剃髪はした。

忠昌が三代目の藩主となる元和九年五月二十五日（一六二三年五月）には藩の名を北ノ庄から福居に改めている。こうなったのも北という字が縁起でもないという理由からである。

そのひと月後には秀忠から家光に将軍も替わっている。

「さればでござる」富正は再び口を開く。

万千代丸は父忠昌から富正はあまり弁舌が得意ではなく普段から寡黙だと聞いていたので今日はよく喋るなあと感じていた。

「忠昌公は当時江戸に居られましたがすぐに幕府より忠直公の江戸麹町屋敷の相続を打診されました」

「家督を継ぐのであればそうであろうなぁ」

万千代丸はそのように言った。

「しかし相続されなかったのです」

「どうして？」

「先ほども申し上げた通り光長様との領地の入れ替えの時もそうでしたが麹町屋敷にはまだ忠直様の妻子や側室が住んでいました。自分が相続するとなると彼らを追い出すことになる。自分は既に屋敷を頂いておる。それで十分だと言われたのです」

「なるほど」

万千代丸は父親が大酒のみで剛毅な性格なのは周囲から聞きまた自分も見て知ってはいたが案外細やかなところもあったのだなと思って聞いていた。

以前より忠昌は武芸を好んで鍛錬を続けていたが藩主になってから剣術はもとより槍、弓術、柔術さらには砲術まで多くの武芸者を抱え込んでいくようになった。また刀鍛冶も保護していた。

要するに精神はまだ戦国の世の中にあったのである。

万千代丸は武芸はあまり得意ではない。父の真似はできないと思って聞いていた。

「私は忠昌公の亡き後隠居を申し出ました。しかし幕府は家老の退任は認めるが宿老《しゆくろう》として引き続き藩主を補佐せよとの命令がありました。それでここに居ります」

ここまで言って富正は一息ついた。かなり練習していたみたいである。

「地方知行《じかたちぎょう》ではいくら拝領していたのか？」

「はい。秀康公の時に三万九千石を賜って以来そうでございます」

「秀康様の時代からの家来か？」

「はい。秀康様が豊臣家の御養子になられたときに秀康様に同行しましたがその時以来の家来にございます」

「結城秀康になったのは？」

「もっと後でございます。豊臣家におられた頃は秀吉殿の配下として九州の平定や小田原征伐に武功を立てられましたがその後秀頼殿が生まれると秀吉殿は秀康様の扱いに苦慮して下総の大名である結城晴朝《ゆうきはるとも》様の養子にされます。結城秀康になるわけです。ここで十万石を与えられます。その時私は初めて百石の俸禄を受けました」

「たったそれだけか？」

「いえその後いろいろとありまして三千石まで加増を受けました」

「大した出世ではないか」

「まあそうかもしれません。まだ二十代の半ばでしたから」

慶長三年に秀吉が亡くなり二年も経たずに日本国中の勢力範囲も変わっていく。とうとう関ヶ原の戦いに進んでいく。

「秀康様はこのときはもう家康様の方についていましたから関ヶ原の戦の時は宇都宮で上杉景勝《うえすぎかげかつ》の抑えを命じられていました」

「関ヶ原には行かなかったのか？」

「はい。上杉は石田三成に呼応して関東に攻め上るつもりだったようです。しかしこの秀康様の抑えにより上杉は動けなかったようです」

この功によってかどうかは分からぬが関ヶ原の戦の後主君秀康公は越前北ノ庄六十八万石を与えられる。その北ノ庄城の受け取りには富正が行く。この後富正はあらためて幕府より付家老として越前府中《えちぜんふちゅう》三万九千石を受け取る。

「私はもともと越前府中には縁がありました。父・本多重富《しげとみ》はここで余生を暮らしていましたから」

「富正もそこで暮らしていたのか？」

「いいえ。父はもともと権現様のご長男信康様に仕えておりました。信康様は信長様の娘・

徳姫様を正室に迎えていましたが二人の間には姫しか生まれずそれゆえに徐々に不仲になられていったようです。信長様はそれを苦々しく思っておられたところに実母・築山殿とともに武田勝頼と内通したと噂されました」

「それは事実か？」

「さあ。それは分かりません。しかし火のないところに煙は立ちませぬ。それをうかがわせるようなことがあったのではありませぬか」

加えて信康は日頃から粗暴の振る舞いがあり家臣から家康に話が伝わった。

「あの時代であれば粗暴も勇猛も紙一重だったであろう」

「それで権現様が注意したのに聞き入れず権現様からも嫌われたと聞いております。信長様からも嫌われ結局詰め腹を切らされたようです。家臣が追い腹をする中、父重富は蟄居《ちっきょ》し弟の本多重次の家老として越前府中に住んでいました」

「さすれば富正は越前府中の生まれか？」

「いえ。私は三河の生まれです。越前には父・重富が住んでいただけです。父の代に縁があったということです」

万千代丸は随分ややこしいなあと思って聞いている。

この頃第三者はこのような事実を当事者からの伝聞でしか知ることはできずどこまでが真実であったかは分からない。

終わりつつあるとはいえ時は戦国時代である。互いに殺し、殺され強いものが生き残る。勇猛果敢、武勇が制する時代である。

それに秀でた者が時には無茶を押し通すことも容易に考えられる。

とはいえこの頃の大名や領主は武勇だけでは長続きしない。ほかにも領民や家臣を惹きつける人望や治世の力も必要であった。家来は領主が気に入らなければ有能な方に寝返ることもあったし領民も一揆を起こしてでも抵抗することもできた。

世の中の体制も法令も整備されていなかった。自分たちも生き残るのに必死である。上に立つ者はオールラウンドプレイヤーでなければ一時は良いとしても長続きしなかった。

あの一見残虐だと思われる信長ですら楽市・楽座という施策で庶民に対して意を用いていた。

越前北ノ庄藩の二代目藩主の忠直は既に述べたように秀康の死後七十五万石を引き継ぐがまだ十二歳であり富正は引き続き付家老として越前にとどまる。

その五年後の慶長十七年（千六百十七年）に俗にいう越前（久世）騒動が起きる。

これは北ノ庄藩内に領地を持つ久世但馬守《くぜたじまのかみ》（一万石）の農村の娘が別の村の男・甲に嫁いだことから始まる。別の村とは岡部自休《おかべじきゅう》（千七百二十石）の治める隣村である。その男・甲が佐渡金山に出かけたまま帰ってこなかったのでその娘は元の村に帰り乙という男と再婚した。その後、乙は何者かに殺される。

久世は確たる証拠はなかったが甲の仕業と断じ配下の者に甲を殺害させた。領内の人間を保護するのは領主として当然の責務であった。しかしこれはやりすぎであった。

岡部側にしても捨て置けないので久世の仕業として（北ノ庄）藩に訴え出た。当時富正のほかに四人の家老がいたが彼らで解決策を協議した。富正は久世と昵懇《じっこん》だったのでこの訴えを放置しようとしたがこれを聞きつけた岡部は富正に厳重に抗議する。

この時までに富正派には竹島周防守《たけしますおうのかみ》が、もう一方の今村盛次《いまむらもりつぐ》（丸岡二万五千石）家老には清水孝正（敦賀一万一千石）や中川出雲（四千石）という家老がついていた。ほかにも落合主膳（一万石）や林定正（九千八百石）という重臣もついていた。

今村派の多くは結城秀康以来の家来で豊臣に恩義を感じていた。富正など何するものぞという感覚であった。二つの派の対立には根深いものがあった。もっとも富正も秀康が結城家の家督を継いだ時には俸禄百石を受けているのでこちらも古くからの家来である。

これを機に今村派は富正派を追い出そうと画策する。

まず登城してきた竹島を城内で捕らえ牢に閉じ込める。さらには藩主忠直の叔父を取り込み忠直の命として久世に切腹を申し付ける。しかもその命令を伝える役を富正にさせる。富正は言う。

「私は単独で久世邸に入り主命であると伝えました。しかし久世はこの命令は一方的であるとして拒否しました。今村の狙いを感じとっていたようです。今村への抗議の書面を書き私に渡したのです」

城に戻り久世の書面を渡したが再び藩主からの返事は久世に対する追討令であった。

主命には逆らえず富正は久世を討った。

しかし主君忠直はまだ若く重臣の言うがままであった。

富正側に二百人以上の、久世側にも百五十名以上の死亡者が出て争いは終わったが幕府にも聞こえることとなり双方が江戸表にまで出向き将軍秀忠と大御所家康の直々の裁可を仰ぐことになる。

「まず今村殿がこれまでのいきさつを説明しました。確かに久世殿は確たる証拠もないのに岡部側の百姓を殺害しました。事の理非からすれば今村殿が言う通りです」

万千代丸も聞いていてそうだと思う。

「次に私が用意した書面をもとにこれまでの今村派の横暴を述べました。これについて幕府は事前に調べていたらしくそれは認められました。また久世殿を討つときにそれをけしかけるように私の背後から鉄砲を撃ったことも説明しました」

裁定を差配していた江戸城老中の本多正信が今村に返答を求めたときにすべて藩主忠直の指示であるから責任はと言われると忠直の責任であると答えた。自分の責任を主君の責任であるかのような言い分である。

この回答は家康の怒りを買い翌日下された判決で今村、清水、中川の三家老以下、今村派の主だった者はすべて配流になった。岡部自体は死罪になる。

ほとんど一方的な判決である。もちろん富正も叱責されたが引き続き忠直を補佐せよと命じられる。また北の庄藩という大藩を治めるには富正一人では無理と考え今村の居城である丸岡城に兄の本多成重を新たに付け家老として配した。

「大御所と秀忠公を悩ませたことに対して私は今でも恥じております」と言った。彼は以後それまでにも増して徳川家に尽くす。

富正はこのことを話すべきかどうか迷っていた。自慢できることではなかったからである。しかし話しておかねばならぬと思った。

いつの世も対立は生じる。人の宿命かもしれない。その時にいかに対処すべきかを考えてほしいという思いがあった。

大御所の裁定はあったが自分は正しかったのかどうか今でも分からない。

「久世と岡部が争うまでに藩として裁くことはできなかったのか？」

「当時はまだ戦国の世でしたから藩内のことにさほど力を入れておりませんでした」

実際のところまだ法令の整備などがなされていなかったこともある。

万千代丸はそれでも今村派が一掃されるのは一方的すぎると感じた。片方が配流になりもう一方が残るのはおかしいと感じた。

よく分からなかったこともあってこのことがずっと気になっていた。どこか不条理であると思った。

富正も仲のよかった久世を討ったことが大きな心の傷となっていた。

今村派が若い忠直を利用したことを家康は見抜いていたのだろうか。自分は幕府から付家老として来ているのにとその責任をずっと感じていた。

後見役も人間である。常に正しいとは限らない。上に立つ者は冷静、沈着かつ公平でなければならぬということを伝えたかったのである。

この三年後に大坂夏の陣が始まる。

家康は豊臣に心を寄せる今村派を除きたかったのかもしれない。この頃になってやっと家康の裁定の狙いが分かったような気がした。

このときに富正は越前北の庄藩を徳川方へとまとめ上げる。

江戸幕府は成立していたが家康としては豊臣方の残滓《ざんし》を一掃したかったのかもしれない。

大坂夏の陣が終わりその翌年の元和《げんな》九年に家康は亡くなる。

この年は多事多端であった。忠直が豊後に流されその一月後には忠昌が北ノ庄藩を継いだ。北ノ庄藩は福居と改められ、徳川家光が三代将軍となる。

忠直の跡を継いだ忠昌は豪快であったが治世において特筆すべき点はない。しかしようやく世の中に平和が戻ってきた。

富正は越前府中において戦乱で荒れた土地の復興に取り組む。

「領国ではどの様なことをしたのか？」

この万千代丸の質問は予期していなかったが別に今までしてきたことを喋ればよい。

「まずは日野川の整備を行いました。この川は越前府中の東側を流れる大河ですが南の日《ひ》野山《のさん》の麓《ふもと》から村国山《むらくにやま》という小さな山の麓にかけて氾濫が多く百姓が困っていましたので堤を築き農地の整備も行いました。また西を流れる浅水川《あそうずがわ》も深く掘り下げました」

「それも氾濫《はんらん》を防ぐためか？」

「さようにございます。百姓を定着させ不安を取り除いてやることは領主として最大の責務でございます」

その通りである。富正はこれを心せよと言いたかったのかもしれない。

「人夫はどのようにしてかき集めたのか？」

「領内から一定の割合で出させました。参加すれば手当を支給し租税を免除します。それも農閑期にですから容易に集めることができました」

その作業のために多くの人が集まりその消費で村も賑わいができたという。

万千代丸は聞いていて施策というものは面白いものだなと思った。

「最初からそのような賑わいができると思ってやったのか？」

「いえいえそこまでは考えていません。後で分かっただけです」

「堤を作るというのは大変な時間がかかったのではないか？」

「あらかたできたのは四年ほどでしたが完成するまでに十年いやもっとかかりましたかな」

十年と言えば自分が生きてきた時間ではないか。その間ずっと作り続けていたのである。


ほかに富正が言及した話に打刃物《うちはもの》と紙漉《かみす》きがあった。

すでに打刃物は二百年以上も前からあったがこの職人たちに土地を与えたり和紙作りで有名であった五箇庄《ごかのしょう》の粟田部《あわたべ》の地に租税を減免したりして保護した。

特に前者は京の刀匠が来てその技を軍事用の刀ではなく庶民が使う包丁のようなものに応用していたことが特徴である。

「刀は柔らかい鉄である芯鉄《しんがね》を固い鋼《はがね》で挟んだものですがこれを逆にして包丁に応用していたようです」

万千代丸はよく分からなかったので説明を求めた。

「さればでござる。鉄には固い鋼と柔らかい鉄がござる。どちらもたたらで作るのですが作り方が違います」

「どのように違うのか？」

「さればでござる」

富正はよくぞ聞いてくれたとばかりに、

「もともと硬い鋼を何度も過熱しては叩くのですが叩く回数が違うのです」

「硬い鋼と柔らかい鉄では何が違うのか？」

万千代丸がさらに尋ねると、

「さあそこまでは私もよく分かりませんが真っ赤に焼いた鉄の表面を見て判断するようです。そこが刀匠の技のようです」

要は鉄に含まれる炭素の量の違いであるが当時はそこまで分からない。もちろん富正もそこまでは知らない。

彼は懐から懐紙を出すと、

「この硬い鉄をこのように叩いて伸ばします。延ばした鉄を今度は二つに折り曲げてまた加熱して叩きます。これを何度も繰り返すのです。そうしますとそれこのように断面は何層にもなり縦の方向にはより強くなります。しかし横方向にはそれほど強くなりませぬ。粘りがないのです。脆《もろ》く折れやすいのです。この溝にというか堀のようになったところに柔らかい鉄すなわち芯鉄《しんがね》を挟みまする。そして再び加熱して叩くわけです。要するに真ん中に芯鉄を埋め込むようにするのです」

　富正は何度も刀匠の技を見に行ったことがあるので細かく説明する。

「そうすることによって折れにくいかつよく切れる刀ができるのです」

　万千代丸は刀をもちろん知ってはいるがその作り方や構造までは知らなかった。

「そうすると包丁もそのようにして作るのか？」

「いえいえそれが全く反対なのです。刀は一振りを作るのに大変な手間がかかります。当然値段は高くなりますが包丁にそんなことをしていたのでは庶民には手が届きません。逆にするのです。つまり芯鉄を二つに折りその間に小さな鋼《はがね》を挟むのです。鋼の先を少し出してやはり叩きます」

　つまりくっつけるのである。すると先は鋼であるから固くよく切れるようになるのである。


　越前は漆器《しっき》の一大産地であったことから全国からその材料になる漆《うるし》が集まっていた。その漆を採るためには漆掻《うるしか》き用の鎌が必要になるがそれを作るためにこの技法が使われた。

　この鎌を持った職人が全国に拡がりこの越前鎌《えちぜんかま》も普及していったという。

「漆集めの職人はこの鎌で漆の幹に小指一本ほどの溝を何本もつけます。そこから滲み出たわずかの樹液を集めますが何本もの溝をつけるので鎌の先はすぐにすり減ります。よく切れ丈夫でないと使い物になりません」

越前鎌はその要求に応えた。

「くわしいなぁ」

「はい。何度も見に行きましたので」

実際に見たからこそここまで詳しいのだろう。万千代丸は富正の治世に対する熱心さが分かるような気がした。


紙もずいぶん昔からこの地で盛んであった。府中より東の方に二里ほど行った粟田部《あわたべ》という地に紙漉《かみす》きの職人の村があった。

土地は痩せていたがきれいな水が豊富で紙漉きに適していた。

素材となる楮《こうぞ》、三椏《みつまた》という木が豊富にありそれらの繊維をほぐして漉き船（小さなすのこ）で掬《すく》い紙にする。全国にそれぞれの紙の産地があるがここの越前紙は薄く丈夫でしかも透かしの技を持つ。

富正はこの打刃物と紙の産地を保護した。

「具体的にどのようにしたのか？」

「はい。まず土地を優先的に与え租税を打刃物や紙で納めることを許しました。米であれば豊作や不作で安定しないこともありますがそれらの小物成《こものなり》（特産品）なら安定しています。何よりも米より分《ぶ》がいいのです」

納めさせた打刃物や紙は領主が商人に売り渡してカネに換える。それを江戸や上方で売りつけるのである。

京や奈良では世の中の落ち着きにつれて写経がはやり始めていた。ここでもよく売れたという。

「商人に任せずに直接売ればよいではないか」

「いやそこまではできませぬ。身分の定めがありますから。第一、武士の数が足りませぬ」

実際にはできたかもしれない。しかし社会通念というものがあり武士に商売などできなかった。

「そうかなあ」

万千代丸はよく理解できなかった。

「富正がやり始めたことで何か変わったものはあるのか？」

「この藩内ででございますか？……はてそのようなものがありましたでしょうかな。……まあ自慢できるほどのものではありませんが蕎麦《そば》の栽培を勧めたことはあります」

やせた土地でも育てられ飢饉のときに役立つとして蕎麦を栽培させ医師にも相談して美味い料理を開発させたこともあった。後の越前おろし蕎麦の魁《さきがけ》である。それまでは蕎麦がきにして食べることが多かったがこの食べ方が広まっていく。

江戸では濃い味付けの出汁で食べる蕎麦がすでに始まっていたので万千代丸もよく知っている。

「それはうまいのか？」

「もちろんにございます。江戸での辛い出汁ではなく少し甘めの出汁につけて食べます。大根おろしは消化によく身体にも良いと医師も申しております」

この頃はまだ一日二食が普通であったがそろそろ昼前であり食べたくなってきた。

「いちど食べてみたいものだ」

「お国入りはまだまだですが是非にもご賞味なされませ」

従兄の光長が幼い時に越前に入り冬の寒さに耐えかねて早々に江戸に舞い戻ったことがあった。その後十七歳になるまで領国への初入国はできない慣例が出来上がったので万千代丸が越前福居に入るのにはまだ早かった。

とにかく富正の長い説明は終わった。しかし万千代丸は富正に親近感を持った。また武辺のみならず治世にも優れた仕事をしているのを知って尊敬の念を抱いた。これまで朴訥で風采の上がらない老人とばかり思っていたが万端にわたり意を用いている凄い人間であると思った。

その後なんどか富正を呼び出してさらに詳しい話を訊いている。ほかの家老とも話をすることはあったが富正ほどの深みは感じなかった。

四　お目見え

万千代丸は藩主就任後、直ちに庶兄昌勝に五万石、庶弟昌親に二万五千石を分与しそれぞれ松岡藩、吉江藩を立藩させた。そのほかに長松と徳松の弟がいたが父・忠昌の遺言どおりにした。万千代丸は残りの四十二万五千石を引き継いだ。

この三年後に万千代丸は将軍家光に初のお目見えを得て『光』の偏諱《へんき》を賜り光通《みつみち》と名乗ることになる。同時に元服する。

その九か月後の慶安二年の八月に富正は越前府中において亡くなる。七十七歳であった。

光通は深く悲しんだ。その時はまだ江戸にいたが江戸屋敷だけでなく領国においても一週間にわたる歌舞音曲の禁止を命じた。

戦国の世を生き抜き治世においても優れた力量を発揮した一生であった。

豪快に生き多くの妻妾や子供の居た父・忠昌に比べてはるかに短い付き合いであったが光通にとってこの富正は慈父のような存在であった。

もちろん配下である。しかし大きい存在であった。

慶安四年になって従兄の道長の娘である国姫との婚儀の話が出た。

幕府の老中連は親藩である福居藩と越後高田藩が結びつくのを警戒した。

幕府の老中は五万石以上の譜代大名が務めるのを慣例としていた。親藩や三十万石以上と言ったような大大名《だいだいみょう》は就任できない。

幕府の老中というのは徳川政権の執政役である。ここに親藩や大大名がなればヘタをすると幕府を危うくさせかねない。

これを防ぐために老中には譜代の中堅大名を用いた。

最初彼らはこの婚儀を認めようとしなかった。理由は適当に付けた。

「晴れてお国入りでございます」江戸家老の一人が言った。世は承応二年（一六五三年）六月である。将軍も四代家綱《いえつな》の時代になっていた。幕閣も多くは代わっていた。

この数年前に日本中で起きた大飢饉は干ばつ日照りなど天候異変によるものであったが福居では蕎麦のおかげでその影響は小さかった。

しばらくして一人の女性が将軍家綱の前に現れた。

「上様はご存じありませぬが光通殿と国姫との婚儀は先代将軍家光様もお約束のことにございます」

前々藩主忠直の正室勝姫（天崇院高田殿《てんすういんたかだどの》）が現将軍家綱に談じ込んだ。勝姫は前将軍家光の姉である。秀忠の娘であり徳川家直系ということもあって家柄にこだわる方であった。

家綱もわずか十歳で将軍になった。なったばかりでこれまでのことなど何も知らない。そこへ五十過ぎの伯母が現れた。その圧力は大きなものだったに違いない。

家綱は江戸城の老中に対し、

「天崇院様が申されるようにせよ」

と命じた。これでようやく光通と国姫との婚儀が成立した。光通は既に十九歳と大名の結婚としては遅かった。

光通は国姫より一歳年上で幼い頃より彼女をよく知っていた。お互いに江戸住まいで往き来もあったこともある。

越前福居藩の江戸上屋敷は江戸城のすぐ南の前にあったが越後高田藩の上屋敷は江戸城の丁度反対側にあった。ここに行くには江戸城の南の桜田門をまわり彦根藩の屋敷の前を通っていく。

国姫は和歌に長じていた。光通も何度か歌を送ってもらったことがある。

『筑波嶺《つくばね》の風の便りに聞かば聞け　花もかすみも今盛りなり』

時々都の公卿との歌のやり取りもあり都の方では有名だったという。

光通もどちらかというと武よりも学を嗜《たしな》んでいたから国姫の才能は理解していた。

国姫は正室となってからも歌は続けている。光通が国元へ帰った時も歌を送ってきた。

『君が住む峰のかなたの月見るに　乱れし想ひは雲に乗るらん』や

『道の辺の草葉の露も玉と散る　君が袖ふる我も続かむ』などがある。

五　はじまり

国姫との婚儀の半年ほど後に悩ましい問題が生じた。国元にいる側室のお三の方との間に男の子が生まれたのである。名は権蔵《ごんざ》とつけた。

本来はめでたいことであるが光通は国姫のことがすぐに頭に浮かんだ。長い間婚約状態のままであったがその間に国姫の繊細な面を感じている。しかし藩主であったために国元には側室を置いていた。その側室が男子を生んだのだ。

光通は国姫の気持ちを傷つけるのではないかなと考えた。福居に戻った時配下に悩みを打ち明けた。

「めでたいことではありませぬか」と国元家老の芦田図書《あしだずしょ》は言った。

「しかし国姫との子はまだないのに……」

「まだまだこれからでございます。お三の方様にはこれまでどおりお泉水屋敷《せんすいやしき》でお育てになるようになされませ」

お泉水屋敷とは城のすぐ近くにある福居藩の別邸である。お三の方がそこに住んでいれば江戸の下屋敷に住んでいる国姫が目にすることはない。

しかしすぐにこのことが勝姫の知るところとなった。光長の江戸屋敷にいた勝姫にどのようにして伝わったのか分からない。

まさか間者が？　という思いもした。それで国姫との婚儀を強引に認めさせたのだ。その後の動向を探っていたかもしれない。

いや家臣の誰かが伝えたのか。

国姫の父・光長は大騒ぎしなかったが国姫の祖母・勝姫は激怒したということが光通に伝わった。

親藩である越前福居藩の世継ぎが妾腹の子であってはならない。このことは光長の屋敷から国姫に使いの者が出されて伝えられた。

わざわざ使いを出すほどのことでもないのにである。

「天崇院《てんすういん》（勝姫）様からこのような便りをいただきました」

国姫からこのことが伝えられると光通はやっぱりかと思った。

「早くお世継ぎをつくりなされとお書きになっております」

言われなくともそのつもりでいる。

「まもなくでござると返答すればよい」

遅れて万治二年に国姫との間に子が授かった。

しかし女子であった。この子は布与《ふよ》と名付けられた。


しばらくして福居藩江戸上屋敷に勝姫が現れた。

「残念ながら国姫の子は女であった。しかし子ができたということはまた男の子が生まれる可能性もあるということでございます。諦《あきら》めなされますな」

光通からすれば伯母である。しかも強烈なかつ頑迷な。

彼女は忠直の正室というよりも徳川家の娘、前《さきの》将軍家光の姉という意識が強かった。

「お待ちくだされませ。次は必ず男の子です」

そう言うしかなかった。

しかし寛文四年に生まれた子もやはり女であった。しかも市と名付けられた子は誕生日を待たずに亡くなった。このままでは権蔵が世継ぎになる可能性が出てきた。

再び天崇院が出てきた。

「市が亡くなったのは残念ですがまだ次があります。この伯母に世継ぎは必ず国姫の子であると約束してくださりませ」

「もとよりそのつもりでございますが」

「起請文《きしようもん》を書いてくださりませ」

これには驚いた。当時起請文というのは神仏に誓うということで迷信深い人間にとっては絶対的な意味を持っている。

光通はそこまでしなくともという気持ちであった。しかし抵抗はできなかった。また勝姫は、

「こうなったのも巷では信長殿の妹・お市の方様の祟りだともいわれております」

権勢を誇る頑迷な老人には敵《かな》わない。

「分かりました。私も望んでいるところですので書きまする」

光通は覚悟した。

花押《かおう》を書き血判を押した時は目を閉じた。光通は真面目人間である。神仏に誓ったからは何としても成し遂げねばならぬと思った。また同時に国元に居る権蔵のことを考えた。しばらく迷ったが結局、国元の家老永見吉次《ながみよしつぐ》に預けることにした。

六　大愚宗築《だいぐそうちく》

権蔵が生まれた頃は様々なことをした。

まず入国とほぼ同時に藩の法体系の整備である。ようやく戦国の世も終わりを告げ平和な世になりつつある。それに向けた体制の整備も望まれていた。

初入国した承応二年には早くも家中定《かちゅうさだめ》、番士定《ばんしさだめ》、および家中武具の定など家臣の統制に関する法令を次々と出した。前藩主の忠昌の時に原型はできていたがそれらを体系化かつ整備した。

また飛脚の保護や便宜を図った駅逓《えきてい》の定めも作った。

しばらくして担当の役人から報告があった。

「飛脚の費用も下がったようでございます」

町人の運営である飛脚は世の中が安定すると同業者が少しずつ増え始め費用は安くなったようである。

これまでは飛脚の保険として頼母子講《たのもしこう》や請合《うけあ》いという制度があり輸送途中の事故があるとそこから補填していた。事故があれば掛け金はそれに充てるが輸送が無事に終われば掛け金に利息が付いて戻るという仕組みである。

この事故率が減れば掛け金は少なくて済むし飛脚の費用も安くなる。同業者が増えるというわけである。

ただし遠距離では余り効果がなかった。

道中での追いはぎもまだまだ多かったからである。しかし藩内では効果はあった。

すでに老齢の家老たちは相次いで亡くなっていたが光通は自ら先頭に立って若い家老たちを督励《とくれい》した。


「ご覧くだされませ」

いまや国元で筆頭家老となった芦田が大きな紙を持って現れた。そこには福居藩の体系が書いてある。

これも原案は光通が作った。

「殿の下は大きく二つに分けております。ひとつは町方でもう一つは村方です。町方の取り締まりは町奉行でその下に町年寄りや名主の町役人、さらにその下に町人を置いております。片や村方の方は頭《かしら》が郡代もしくは代官です。その下に名主や庄屋、組頭などの村役人で彼らが本百姓《ほんひやくしよう》を統括します」

「私が言った百姓代官はなぜ書いていないのか？」

「申し訳ありません。どこに置けばよいのかまだ決めかねております。いまのところ郡代や代官の下がよいのではと考えております。代官と同列ではまとまりませんし」

「分かった。しかし代官が無理を強いたときにはどうするのか？　また百姓代官が一揆を企てたときにはどのようにするのか？」

「そのような時には訴え書きを出させるようにして藩主の裁断を求めるようにします」

この百姓代官の制度はなかなかうまくいかなかったが結局村役人の推挙がなければ設置しないということで落着した。

また百姓の中に五人組を組織し自治を促せた。

権蔵が生まれたときには播磨より当時名僧と言われた禅僧・大愚宗築《だいぐそうちく》が招かれた。

光通がかねてより望んでいたことである。

明暦二年（一六五七年）のことであった。

「拙僧に何をお望みかな？」

宗築は国元の福居藩上屋敷で光通に会うなり穏やかに問うた。

このとき光通は二十二歳、宗築は七十二歳とかなり高齢であった。

「教えていただきことは山ほどありますが藩主としてどのようにあるべきかをご教示願えれば幸せです」

「訊かれてどうされるのかな？」

もちろん実行するためだが相手は高僧である。もっと深い意味を求められているのだと思った。しかしこちらはそこまでは考えていない。単純にそれを旨に政治に用いるのだと言った。

「何のために？」

「無論、民のいや領民すべてのためです」

「何のためでござるか」

「いや。ですからすべての民の為です」

宗築はしばらく目を瞑《つむ》っていたがやがて、

「『人身《じんしん》受け難し、今すでに受く』この言葉をご存じかな。お釈迦様の言葉です」

「聞いたような気もしますがその意味はよく知りませぬ」

「この世に生《せい》を受けるというのは稀なことです。しかし今自分はこの世にすでに存在している。はるかに稀なことだという意味です。私は殿のお言葉を聞いてこのことを別の意味で捉えました。殿は先ほど領民の為に政《まつりごと》を行いたいと申されました。もうすでに半分ほどは成し遂げられているのです」

「もう一つ、よく分かりませぬが」

「政をするときにその気持ちをお持ちであればすでに目的の半分は成されているのです。後の半分はその時々の条件に合わせて考えればよいのです」

つまりその気持ちが根底になければならないということである。

光通は半分ほどしか理解できなかった。

またある時はこうも言った。

「しかし完璧を目指すあまり他を害してもなりませぬ。人の世はいくつもの因縁から成り立っています。ひとつを重視すれば他を害することもあるでしょう。すべてに完全はありませぬ。このことを肝に銘じて政をなされませ」

光通はそのとき深くは考えなかったがのちにこの言葉を噛みしめることになる。

しばらく宗築から教えを受けたがあるとき、

「殿はいま藩主としてここにいることをどのように思われていますか？」

「様々な因縁からだと思うが」

「たとえばどのような？」

宗築と話していると抽象的な話であったりいきなり現実の世界に戻ったりとくるくる変わり混乱する。

「前藩主の父上の嫡男であったことかな」

「さらにその親は？」

「やはり藩主であったから父・忠昌様が生まれたのです」

「これは百姓、町民でもおなじことです。拙僧が申すのはこのようにして人の世は繋がっているということです。つまりご先祖がおられたからです」


その後紆余曲折はあったが禅の修行道場として大安禅寺を創建するときに御先祖の墓も作ることになった。

大安禅寺を創るときも光通が費用を全額負担すると言ったが宗築は広く衆生《しゅじょう》から寄付を受けるべきだとの意見であった。

結局、鐘楼は光通が作ったが鐘は庶民の寄付で賄《まかな》った。といっても実際には有力商人と有力家臣が負担した。

大安禅寺は万治元年から創り始め開基堂《かいきどう》や開山堂《かいざんどう》までを含めるとすべてが完成するのは延宝《えんぽう》五年まで二十年近くかかる大工事であった。

宗築の影響を受けた光通はまた儒学の教えも受けた。宗築と交流があった時に医師で儒学者の伊藤坦庵《いとうたんあん》も呼び寄せた。光通の侍読《じどく》をさせるとともに家中の者への教育にも当たらせた。

坦庵もまた抽象的なことを言った。

もちろん儒学であるから基本は四書五経であるがそのほかの題材も持ち出す。

あるとき光通が治政の進展に悩んでいた時に言ったことがある。

「お急ぎめさるな。人は百年も生きられるわけではありませぬ。ひとつのことでもできればそれを良しとせねばなりませぬ。一歩一歩進むのが良いのです」と言って一つの詩を示した。

〝石火光中　せっかのこうちゅうに
争長競短　ちょうを争い短をきそうも

幾何光陰　いくばくのこういんぞや
蝸牛角上　かぎゅうのかくじょうに
較雌論雄　しをくらべゆうをろんず
許大世界　いくばくのせかいぞや〟

「この意味がお分かりかな？　いろいろと働かれるのも結構。それはそれで素晴らしいことですが長い歴史で見ればほんの一瞬なのです。望んだことができなくとも悲観めさるな」

これは中国の明の時代洪自誠《こうじせい》の言葉であるが坦庵はほかにも例を出して光通を慰めた。

光通は次から次へと新しい政策を打ち出しこれまで武門の藩であった福居藩を文の方に向きを変えようとした。

勝姫との葛藤を忘れたかったことが一番大きかったかもしれない。富正に負けるものかという意識もどこかで働いていたかもしれない。

また国姫との間に男子が生まれるようにという願掛けの気持ちもあった。一生懸命にやればきっと願いは通じる。そう信じていた。

とにかく治世に励んだのである。

七　藩札

しかしこの間にも不運なことに次々と災害が発生した。

旱魃《かんばつ》があるかと思えば洪水もあり場所も九頭竜川だけでなく足羽川でも起きたのである。

これに始まる凶作も追い打ちをかけた。

あちらこちらにお救い小屋を作って窮民《きゅうみん》を救ったがこの費用も大きな財政負担となっていく。


「恐れながら申し上げまする」

勘定方を管轄する家老が来て報告した。

まだ春であるが月々の支払いに充てる金子《きんす》が足りないという。毎年夏の終わり頃には庶民だけでなく藩も資金不足に陥る。

昨秋に納めさせた米も金となって実際に藩の手許に入るのは遅い時は年初になる。その金で下級藩士の俸禄《ほうろく》や藩の経費の支払いに充てる。

その金が足りないのである。仕方がないので商人から借りる。その利息も負担になってくる。

災害や凶作のために租税も軽減していた。これも資金不足の遠因となってくる。

「今でも農民は苦しんでいます。これ以上の税の取り立ては無理です」

この頃は四公六民が建前であったが全国的に五公五民と租税の割合は多くなっていたが福居藩は六公四民と税の割合が高くなっていた。

「藩士にも借米《しゃくまい》をしているのであろう？」

「はい。いままでは三割の借米を課しております。五十石取りでも実際に受け取るのは三十五石ですから今以上の借米は無理です。辛うじて武士の体面を保っているだけです」

借米とはうまい言い方を考えたものである。

藩は藩士より残りの十五石の米を借りているという形をとっているが実際は支給していないのである。

借りている限りは返さなくてはならないが結局、そのまま踏み倒している。

武士は武士で体面を保つためと決まりにより中間《ちゅうげん》を雇っている。この費用もバカになららない。

農民以外の町民からは運上金《うんじようきん》や冥加金《みようがきん》の名目で金を納めさせているがいま以上無理にかき集めるわけにはいかない。その運上金なども明確な基準があって納めさせているわけではない。そもそも農民以外の者の所得の把握ができていなかったのでいびつな課税の仕方であった。

端的に言えば農民だけが課税の多くを負担させられていたのである。

「札差《ふださし》も最近は武士に金を貸さないようです」

札差は武士に代わって米を市場で金子に換えるがこの頃は入ってくる米を見越して金を融通する金融業のようになっていた。つまり米がなくとも金を貸していたのである。

それが常態化するとさすがに札差も金を貸さない。

「困った藩士らは家宝まで質草にしたりしているようです。歴代の殿から拝領したものまでもです」

「三国《みくに》の方には廻船問屋がいるではないか？」

そこから借りればよいのではという考えであった。

三国港には北回り（日本海）の北前船《きたまえぶね》の基地がある。

北海道と上方との中継地として賑わっていた。大商人が育ちつつあった。

光通はそこから借りればよいのではという考えであった。

「彼らにはすでに十五万両を超える借財をしております。彼らももうこれ以上は貸してくれません。取り敢えず来月には四千両ほどの金が必要ですがその手立てが見つかりません」

「そのままにすればどうなるのか？」

「分かりません。わが藩は既に大坂の商人にも金を借りておりますので彼らもそれを取り立てにくるでしょう。今のままでは金利もかかります。特に大坂の商人の金には高い利息がついております」

まさか福居藩が借金を踏み倒すことなど面子にかけてもできない。

「それで？」

「こんなことを殿に申し上げるのは誠に申し訳ないのですがどうすればよいのか分かりません。そのご処置のほどをお伺いにまいりました」

「うーん」

光通は言われて困った。名案などない。教えてほしいくらいだ。

福居には富正の領地のような特産物があるわけでもない。越前府中は藩内だからあそこから借りることもできるがしかし既に割合は低いが借米をしている。

戦に備えての米はあるがそれほど多量にあるわけでもないし第一、幕府の定めにより保有しておかねばならない。諸国巡見使《しょこくじゅんけんし》が時々やって来て大名たちの施政を監視している。

したがってこれに手を付けるわけにはいかない。

親藩である福居藩がそのような恥ずかしい真似はできない。

まずは質素倹約を進めるしかない。

ふたたび家老を呼んだ。


「倹約をするしかないな」

それを聞いた家老は憤然として、

「すでにしておりまする。例えば参勤交代の時でも足軽はその土地を通るときに近在の農民を雇い足軽の恰好をさせています。宿場を過ぎれば速足で進みます」

強い口調で言った。

光通はそんなことを知らなかった。

そうか。そうだったのか。

それを知らずに儒者を呼んだり寺を作ったりとやっていた。

今更ながら自らの迂闊《うかつ》さを思い知らされた。同時に富正の凄さが分かるような気がした。

なるほど万端《ばんたん》の用人と呼ばれただけのことはある。

数日はそのまま過ごした。名案が浮かばなかったのである。

これまでは入《い》るを図らずに出ていく方ばかり考えていた。心のどこかに名君と呼んでもらえるだろうという甘い考えがあった。

「寺の庫裡《くり》が出来上がりました」

別の藩士が報告にやって来た。絵図面を持ってきて説明する。

光通はぼんやりとして聞いていた。

その真正面には光通が寄進する鐘楼《しょうろう》の基礎ができている。本堂や庫裡は信者の寄付で多くは賄われている。

それらに対して寺からは寺社札《じしゃふだ》が与えられる。

蓮華《れんげ》に乗った釈迦の絵が木版画で押されている。寄進した金額だけを書いてある。

単なる紙切れである。これで金子を集めている。しかし祈りが込められているという。

ご利益《りやく》があると信じて庶民は金を出す。金子《きんす》の代わりに安心を売るのである。

その逆はない。神社札も似たようなものである。

これに対して米商人の間では米札《こめふだ》というのがあった。いついつまでにこれだけの米を支払うという約束手形のようなものである。

これは金に換えることができる。つまり市場には米そのものと仮想的な米札とが存在する。見方によっては二倍の価値が存在することになる。

光通はこのようなことができないかと考えた。この札は金子と同じである。売り買いができる。

そうだ。これだ。

これくらいしか思いつかない。

金貨、銀、銅貨の発行は幕府の専権事項である。それと同じ価値を持つ紙幣はやはり幕府の許可が必要であろう。

幕府は認めないかもしれない。しかし藩内で使うだけならひょっとして？……。

即効性のある策はこれくらいしか思い浮かばない。

光通は再び勘定方の家老を呼んで自らの案を説明した。

「幕府は認めないでしょう。今まで聞いたことがありませんから」

「しかしほかに方法が見当たらない以上やってみるしかない。このような方法ではどの様な弊害が考えられるか検討してみよう」

数日は議論が重ねられた。

光通も臨席した。上段から家老たちの話を聞いている。


予想された問題が提起された。その一番は偽造の恐れである。そんな紙切れなどすぐに真似される。どうやってそれを防ぐかということであった。

「簡単に真似されないように複雑な模様をつけるというのは如何でしょうか。あるいは秘密の印を彫り込むというような」

「高額の紙幣を作るとたとえ手間がかかっても偽造されるではないのか」とか、

「受け取り拒否が出てきた場合、これが本物だと証明するような役所が必要ではないか」

あるいは、

「これが本当に金子《きんす》と同じであると信用されるにはどうすればよいか」などであった。

光通は幕閣でも同じ議論が交わされるだろうと思った。

このときの幕府の老中には酒井忠清《さかいただきよ》や阿部忠秋《あべただあき》さらには知恵伊豆《ちえいず》と呼ばれた松平信綱《まつだいらのぶつな》が居た。

光通はこの阿部忠秋と面識があったので事前に話をしておくべきと考えた。

「老中阿部殿とは知己の仲である。これまでの経緯や議論を含めて私の方から事前に話を通じておく。それでよいな」

福居藩の重役連は藩主に従うしかなかった。

ほかに良い知恵などなかったのである。

光通は翌年の春に入府するところを三か月も前に江戸に向かった。


幕府ではその申し出を受け取り審議した。

親藩筆頭の福居藩の窮状を放置するわけにはいかない。と言って幕府のご金蔵には金がない。つまり貸してやれなかったのだ。前将軍家光の時に日光東照宮の造営に大金を使ってしまった。また天草の乱の平定にも多くの金を使った。

幕府の金座、銀座で作る貨幣も増大する需要に応えることはできなかった。第一この頃には金や銀の産出量も減っていた。

結局時間はかかったが藩札の発行は認めるしかなかった。しかし条件は付けられた。その主なものは、

一　兌換《だかん》紙幣であること。
二　藩内での使用のみを認める。
三　発行額の二割を金または銀で保有すること。
四　藩札の真贋《しんがん》を判定するための役所を複数設けること。
五　発行元はその資産の二割以上の藩札を発行してはならない。

などである。

幕府としても手探りである。うまくいかなければそれを許可した幕府の手落ちとなる。恐るおそる認めた。

もっとも備後《びんご》福山《ふくやま》藩ではもう少し早く発行していたというものの現物は確認されていない。

示された条件のうちいくつかはその後に変更された。

最初に作成された藩札は表に〝福居〟と十二支すなわち〝子、丑、寅〟の十二文字と藩札の額面例えば〝銀八匁〟を印刷し発行元の朱印が印刷されている。

裏面は虎と孔雀の絵が印刷され発行年とやはり二種類の朱印が捺《お》されている。

いずれも絵はかなり精密に書かれている。

簡単に偽造できないようにである。

その印刷に使う版木は京や大阪の職人に作らせた。しかも表と裏を作る職人は別にした。したがって職人は自分の担当する面以外はどんな図柄になっているかまったく知らない。

紙は粟田部の越前和紙を用いた。ただし摩耗と丈夫さを重視して厚手の紙とした。

「これで如何でしょうか？」光通の前に試作した藩札が出された。

大きさは縦五寸あまり（百五十五ミリ）横が一寸五分（四十五ミリ）ほどである。

「裏面の朱印はなぜ斜めに捺《お》しているのか？」

「偽物と見分けるためです」

光通は興味を持っていろいろと訊く。

「絵の版木《はんぎ》はどうしたのか？」

「表と裏の版木は京と大坂の職人に別々に作らせました。したがって彼らは出来上がりがどのようになるかは知りません。まして朱印を捺す場所など知りませんので本物の真似はできません」

「それも偽造をふせぐためか？」

「左様にございます」

いろいろと考えたなと思った。しかも使った版木は用済み後に焼却処分するという。

新たに作ったお札所《ふだしょ》には見本を置くという。

領民から持ち込まれた藩札はお札所の役人が見本を見て真贋《しんがん》を判定する。

光通はこれでとりあえずは危機を乗り越えられると思った。

この後財政に苦しむ他国の藩はこれを真似て同じようなことをし始めた。

八　重荷

藩札の発行が終わった頃であった。次女の市が生まれた。

残念ながらまもなく亡くなった。


光通は起請文も書いた、いや書かされた。

もちろん国姫はそのことを知っている。

彼女は光通以上に真面目人間であった。

あの書状がある以上、男子が生まれなければ世継ぎを作ることはできない。

光通がそのことで悩んでいるのも知っている。

国姫はその原因は自分にあると強く思うようになった。

何とかあれを取り返したい。

そう思った彼女は腰元の一人を勝姫の許にやって取り返すことを考えた。

その腰元は花と言った。武士の娘であるが隠密などとは全く関係ない。


しばらく練習した後ご機嫌伺いと称して天崇院勝姫の許に派遣した。

「勝姫様にはご機嫌麗《うるわ》しゅう……」と型通りの挨拶をした。

勝姫は勘が鋭い。今まで来たことがないのにおかしいと思った。

「国姫は元気か？」

腰元は答えを用意していた。

「はい。お元気にされていますが女の私から見るとどうもご懐妊になられたようでございます」とわざと気を引くような言い方をした。

「まことか？　今度こそ男子であれば良いがのう」

勝姫は素直に喜んだ。

「さようにございます。さすればあの起請文は不要になります」

「その通りじゃ」

腰元の目は床の間の文箱に向いている。

勝姫はそれを見逃さなかった。


「取り返しに来たのか？」

「は？」

「分かっておる。お前の目を見ていれば分かる。しかし次の男子が生まれるまでは返さぬ」

相手は手ごわかった。戦国の世を生き抜いた女である。若い腰元風情では太刀打ちできなかった。

ものの見事に失敗した。起請文を置いている場所が分からなければどうしようもない。

「帰って国姫に言うがよい。下手な策を弄せずに男の子を生むのじゃ。さすればあのような証文などいつでも返してやるとな」

腰元はすごすごと帰るしかなかった。


花は自分の不手際を恥じた。しかし国姫はそのことを責めなかった。

「決して思いつめるのではないぞ」と慰めた。

もともと無理だったのだ。

しかし彼女は宿下がりを申し出た。


次の年も不幸が襲った。

国元の福居で大火が発生し市中の多くを焼け野原にした。風が強くそればかりか福居城の天守といくつかの櫓も焼けた。寛文九年（一六六九年）のことである。

藩札を増やして復興資金にすればよいが先述のように強い縛《しば》りがある。

光通は幕府に泣きついて五万両を借りて復興資金にした。

「もう無理であろうなぁ」国姫は落ち込んでいた。

国姫は三十四歳になっていた。

場所は江戸の下屋敷である。光通は国元に帰って城と城下の再建に取り組んでいる。

男はいい。する仕事があり夢中になれる。女は男の子を生みさえすればお方様として君臨できるがそうでなければただ待つだけだ。

自分には和歌があるだけだ。

若い時は東小町《あずまこまち》と言われてもてはやされたが今は男の子ができるまでただ待つだけだ。

できなければどうなるのか。

最後は側室が生んだ権蔵が跡を継ぐだろう。

それとも養子を迎えるのか。

布与はもう十二歳になる。

後二年もすればどこかに嫁に出すことになるだろう。

そうすれば自分はどうなるのか。

江戸の下屋敷の片隅で暮らすだけか。小さな部屋を与えられそこに逼塞《ひっそく》するだけだ。何を楽しみに生きていくのか。

女とは子供を産むだけの道具か。

いや布与に子供ができれば孫ができることになる。どのような孫ができるか見てみたい気もする。

国姫は堂々巡りの考えに陥《おちい》っていた。

最近は光通との間も冷え切っている。彼が忙しいということもある。しかしそれだけではないだろう。

若かった頃が懐かしい。歌のやり取りで楽しい日々であった。光通が国元にいるとき返事が待ち遠しかった。

月を見ても同じ月を見ているのだと思うとそれだけでうれしかった。

子供の頃田舎の道を走っていたこともあった。あれはどこだったか。練馬だったかいや神田であったような気もする。

きれいな水が流れていたことを思い出す。

る。

これまでだ。

は寛文十一年三月、桜の

「

月もすれば光通は江戸に戻ってく

いつけた。

たな表情で歌を一首書いた。

『よきことを　きはめつくしてよきに今　帰るうれしき　けふのくれかな』

書き終わると腰元に言いつけた。

「こよいの不寝番は不要じゃ」

「でも」

「いやよいのじゃ。そなたも早く休め」

姫様の言いつけである。

失礼いたしますと言って腰元は下がっていった。

星のきれいな夜だった。

翌朝、姫の布団は血で染まっていた。

九　権蔵《ごんざ》

光通は悲報を国元で聞いた。

「何ということを」

光通は最近疎遠になっていたことを思い出していた。

しかし、お三の方は遠ざけているしそのほかの側室も置いていない。

三十六歳で子供を産んだ例もある。望みは捨てるべきではなかったのに。

勝姫からは何度も若君をお生みなされと圧力をかけられていたことは知っている。

そのたびにお三の方にできてそなたにできない筈はない、望みは捨てるなと励ましたことも思い出した。

「私が死ねばお三の方様を正室にされるのでしょう?」

「……」

光通は黙っていた。家柄の問題でそれは考えられない。周りが認めないだろう。しかしそれは言わなかった。

『私が死ねば』という国姫の言葉を光通は『寿命がくれば』というふうに受け取った。まさか自害とは。

自分としてはそれで分かってくれたと思っていたが国姫はどう受け取ったであろうか。お三の方が正室になると思ったのではないか?

あのときに優しい言葉を掛けてやればよかった。自分にはそこが欠けている。若い時には優しさも持ち合わせていたのに。

若い時に比べて最近はどことなくよそよそしくしている。国姫の心の苦しさを分かってやろうとしていたであろうか。

可愛い娘の布与も居るのだ。

もっともっと楽しいことはこれからも出てくる。

しかし国姫が亡くなったことでその夢も潰《つい》えた。光通の繰り言は果てしなかった。追い詰められていた姫を助けられた筈である。なぜあの時にやさしい言葉を掛けられなかったのか。

自分には思いやりの気持ちが欠けている。父忠昌には遠く及ばない。

だが自分には権蔵がいる。

一度は諦めたがあれを後継者にすればよい。

国姫が亡くなった今いかに勝姫と雖《いえど》もどうしようもないだろう。それしかない。

反対されてもそれを貫く。

光通は覚悟を決めた。

だが勝姫と光長は国姫が亡くなったのは権蔵がいたからだと思うようになった。ひょっとすると光通は権蔵を跡継ぎにするかもしれない。

国姫の血が入っていない者が跡継ぎになる。これは辛抱できない。

そう思うのは仕方がない。しかしそれだけで済まなかった。

権蔵が住んでいたのは福居の城の南の方にある木田庄《きだのしょう》の永見の屋敷であった。

すでに家老の永見吉次は亡くなり次の代になっていた。

国姫が亡くなり半年ほどした時である。永見の屋敷から出てきた駕籠をつけていく数人の浪人の姿があった。誰が乗っているのか確かめるようであった。

翌寛文十二年の秋にも同じようなことがあった。

付き添う足軽の話からは権蔵をつけ狙っているように見えたという。

権蔵は越後高田藩の影を感じた。夜の外出どころか滅多に外出をしなくなった。

刺客が来ているのを感じたのである。

その翌年の延宝元年（一六七三年）六月に権蔵は越前大野藩の大叔父・松平直良《なおよし》を頼り江戸に出奔《しゅっぽん》してしまっていた。

光通はそのひと月前に入府しているが権蔵の出奔を聞いたのは九月であった。


光通は何度か会おうとしたが権蔵は応じようとしなかった。

福居に戻ればいつ暗殺されるかもしれない。

江戸でならもしもそのようなことが起きればよほど隠密裏にやらねば幕府の知るところとなる。分かれば越後高田藩は幕府から処分を受けるかもしれない。下手をすると廃藩の恐れすらある。恐らくそうなるだろう。

大都会の江戸でそのようなことをするのは難しい。

国元での話であればなんとか秘密に進められるかもしれないが。

下手に福居に行けば殺されるかもしれない。

いや福居に向かう途中で襲われるかもしれない。江戸の方が安全である。光通にしても権蔵が福居にいるときに彼を守ってやる自信はない。自分は常に国元にいるわけではないからである。

最後の望みは絶たれた。

どうすればよいのか。こんなことは配下に相談することでもない。しかしどうすればよいのか分からなかった。

自分が一人であることを痛感した。富正のような有能かつ忠義に生きる配下を持たなかったのは不運だったのか。

いやそれを見出す能力がなかったのだ。

いやいやそういう人間を惹きつけてくるだけの魅力がなかったのだ。

豪快だった父忠昌を思い出す。一見豪快そうに見えたが庶子の行く末を心配するだけの繊細な、かつ優しい面も持っていたのだ。

いまさらながら父の大きさを感じた。

権蔵が生まれたときなぜ手放したのか。

たしかに国姫への配慮もあった。

しかし跡継ぎにはしないとして近くに置いておくことはできたのではないか。それもせずに永見に預けてしまった。両親から見捨てられたあの子はどういう思いで育ったであろうか。

あの時に捨てておいて今頃跡継ぎにしようというのはいくら何でも勝手すぎると思うであろう。そう思われて当然だ。

父忠昌はそうはしなかった。しかも亡くなる前に庶子に分封してやるように書きつけも残していた。考えていたのだ。

光通はそこまではしていない。自分には思いやりの気持ちが欠けていた。

いまその報いを受けているのだ。

大愚宗築には先祖を敬うようにと言われた。

だから歴代の藩主の墓を作ったのだ。いずれ自分もその地に祀られる。しかし後の誰からも感謝されることはないだろう。

自分がこのまま死ねばどうなるだろう。

誰が跡を継ぐのか。

夜更けになった。下屋敷の庭には雪柳の花が咲き出した。小さな白い花だ。躑躅《つつじ》のつぼみも膨らみつつある。どちらも国姫が好きだった花である。自分が国元にいたとき国姫はこの江戸の下屋敷で命を絶った。もう三年になる。今のように三月だった。


「失礼いたします」

宿直所《とのいどころ》の侍が燭台の蠟燭《ろうそく》を取り換えに来た。

「うむ」

まだもう少しあるのに。

「こよいは（宿直所に）何名いるのか？」

「はい二名がつめております」

そのほかに不寝番《ふしんばん》ではないが四名ほどが別の部屋に詰めているという。

「そうか。茶を持て。いま考え事をしておる。茶を持ってきたらみな藤の間に下がっておれ」

二つほど隣の間に下がらせた。

光通は茶を飲みながら大きく息を吸った。
藩主とはつらいものだ。四六時中藩のことを考えておかねばならない。
次から次へと難題が降りかかってくる。
それらを一つひとつ片づけてきたつもりだ。それでもまだ出てくる。
家老などとの相談はできるが最後の決断は自分がやるしかない。

自分の跡は誰がやるのだろう。
庶弟の昌親ならやってくれるだろうか。
彼しかいない。
結局、勝姫殿は自分と国姫の人生を潰《つぶ》したのだ。
自分はあの鬱蒼《うつそう》とした森の千畳敷に葬られるであろう。
昌親に家督を譲ると記《しる》した遺書を書き一息ついた。

国姫。そなたに冷たく当たったこともあった。ゆるしてくれ。いまそちらに行く。
光通は居ずまいを正し守り刀を握った。

これは夢だ。これまでは夢だったのだ。
夢に違いない。……ほんの一瞬の。
多くのことが頭の中を駆け巡った。
光通は次第に薄れゆく意識の中でこの世は夢であったと思った。

完

【著者紹介】

東　洵（あずま　まこと）

大阪府門真市出身。昭和 18 年（1943 年）生まれ。
大阪市立都島工業高校卒業後家電メーカーへ入社。
その後福井大学応用物理学科を経て製鐵メーカーへ入社。
定年退職後 73 歳で小説を書き始め現在に至る。

既刊

「空襲」文芸社
「水郷に生きて」ブイツウソリュウション
「小説　ビアク島」文芸社
「春嶽と雪江 ―この身はこの君にいたすべきこと―」郁朋社
「小説　ルーツ」郁朋社
「いっぺん言うてみたかった」郁朋社
「北の大地」郁朋社
「まだまだやるでのオ」郁朋社
「ニュータウンの憂鬱・通夜」郁朋社

一炊《いっすい》の夢《ゆめ》

2024 年 11 月 26 日　第 1 刷発行

著　者 ― 東《あずま》 洵《まこと》

発行者 ― 佐藤　聡

発行所 ― 株式会社 郁朋社《いくほうしゃ》

〒 101-0061　東京都千代田区神田三崎町 2-20-4
電　話　03（3234）8923（代表）
F A X　03（3234）3948
振　替　00160-5-100328

印刷・製本 ― 日本ハイコム株式会社

郁朋社ホームページアドレス　http://www.ikuhousha.com
この本に関するご意見・ご感想をメールでお寄せいただく際は、
comment@ikuhousha.com　までお願い致します。

　ISBN978-4-87302-837-8　C0093